너는
어떤 꿈을
꾸고 있니?

14인의 전문가가 들려주는
진로와 책(영화)에 관한 이야기

너는
어떤 꿈을
꾸고 있니?

심소정 외 13인 지음

이담
Books

입학하고 졸업하는 청소년들에게 책을 선물한 적이 있습니다. 그런데 아이들이 책을 읽지 않고 고이 모셔둔 것을 보면서 무언가 잘못되었다는 생각을 했어요. '터닝포인트에 선 아이들에게 꼭 필요한 책은 무엇일까?'

우리는 평소에 꿈에 관한 이야기를 많이 합니다. 어른이나 아이, 남녀노소를 막론하고 단골 주제는 단연코 꿈에 관한 이야기이지요. 꿈은 내가 원하는 일, 되고 싶은 사람, 먹고사는 일 등 다양한 형태로 표현되기도 합니다. 청소년들을 만난 어른들은 가장 궁금한 것이 "너의 꿈은 무엇이니?" 하고 묻고 싶어집니다. 청소년들 중에는 그런 질문을 부담스러워하는 아이들도 있습니다. 왜냐하면 어떤 꿈을 가질까? 하고 고민하고, 탐색하는 아이들에게 마치 강요하는 것처럼 느껴지기도 하기 때문이지요.

그래서 이 책에서는 우리 주변의 인생 선배들은 어떤 꿈을 꾸었고, 어떻게 그 꿈을 실현했으며 보람이나 아쉬움은 없었는지 먼저 이야기로 들려주는 장을 마련해보았습니다. 사람들은 누구나 성공을 꿈꾸지만, 성공의 기준은 사람마다 다 다를 수밖에 없습니다. 따라서 주변에서 만나는 다양한 사람들의 경험담을 들어보는 것은 꿈을 꾸고자 하는 청소년들에게 보다 현실감 있는 이야기로 다가갈 수 있으리라 기대합니다.

어떤 사람들은 미래의 주인공이 될 청소년들에게 미래의 이야기를 해야 하는 것 아니냐고 물을 수도 있습니다. 물론 미래 사회는 지금 우리가 상상하는 것보다 훨씬 빠른 속도로 SF영화의 한 장면처럼 실현될 수도 있습니다. 스마트폰의 경우만 하더라도 스마트폰이 세상에 등장하기 전과 후의 세상은 우리의 상상을 초월할 정도니까요. 하지만 여기에서 현재의 이야기를 통해 미래와 과거를 조망해보는 것은 인간의 삶은 어느 시대를 막론하고 생로병사나 통과의례처럼 누구나 거쳐야 하는 과정이 있고, 다양한 삶을 간접 체험해보는 것이 꿈을 설계하는 미래의 청소년들에게 도움이 되리라고 생각하기 때문입니다.

글에 참여하신 저자분들은 20대 후반에서부터 70대까지 다양한 연령대로 서로 다른 이야기를 들려줍니다. 한 가지 분명한 것은 저자분들도 꿈을 실현하는 과정에서 나름 힘든 시행착오의 시간이 있었다는 점입니다. 어쩌면 저자분들이 제각각 살아온 시대나 배경이 다르기 때문에 요즘 청소년들의 시선으로 보면 마치 영화나 소설 속에 나옴 직한 이야기로 들릴 수도 있습니다. 그래도 저자분들의 스토리는 소중하고 흥미가 있습니다. 이런 글을 읽는 독자들은 연령차가 큰 동시대 사람들의 진솔한 삶에 관한 이야기를 듣고, 세대 간의 공감과 소통을 이룰 수 있기 때문이지요.

꿈에 관한 이야기를 전개함에 있어서 빼놓을 수 없는 부분이 진로 선택의 길과 무엇에 영향을 받았느냐가 될 것입니다. 진로의 길은 다 다를 수밖에 없지만, 청소년 시절 읽은 책이나 추천하는 책에 관한 이야기는 어느 시대 누구나 공통분모가 되고, 영상문화의 범람으로 독서를 멀리하는 요즘 청소년들에게 의미 있는 일이 될 것 같아서 함께 조명해 보았습니다.

열네 분의 저자들이 들려주는 이야기를 읽다 보면 아마도 주변의 한 사람 한 사람이 예전보다 더 친근하고 귀하게 느껴질 것입니다. 주변의 사람들이 있는 그곳에서 얼마나 열심히 사는지 알 수 있고, 그분들의 수고로 우리는 더불어 살아가고 있는 것을 자연스럽게 깨닫고 이해하게 되기 때문이지요. 그리고 변화무쌍한 디지털 사회에 적응하느라 우리가 정작 잊고 지내는 소중한 것은 없었는지 돌아보는 시간이 될 것입니다.

저자분들 중에는 가벼운 마음으로 원고에 참여했는데, 자신의 삶과 마음속까지 보여야 하는 부분에서 부담감을 느끼기도 했습니다. 그래도 용기를 낸 것은 더 나은 사회를 꿈꾸면서 나눔에 뜻을 함께했기 때문입니다. 이 책이 미래의 청소년들이 꿈을 설계하고 실현하는 데 작은 반석이 되었으면 좋겠습니다. 그리하여 누군가는 이 책으로부터 영향을 받았노라고 우리 책을 기억하고 추천해준다면 저희들은 더 없는 보람과 영광으로 여길 것입니다.

2020년 가을,
코로나19가 세상의 변화를 요구하는 전환기에 공동 저자 씀

| 차례 |

*글의 순서는 낮은 학년에서 높은 학년,
뒤로 가면서 자서전 성격과 전문성이 강한 글입니다.

01

"알프스를 동경하게 하는 아이"

『하이디』 (2005년)

지은이 요한나 슈피리
옮긴이 장은영
그 림 김선진
출판사 주니어파랑새

아동청소년 작가 심소정

〈경남신문신춘문예〉에 동화 당선으로 작가가 되었습니다. 대학 다닐 때부터 동화를 쓰기 시작했지만, 첫 책을 출간하기까지 많은 시간이 걸렸어요. 제 책을 읽은 아이들이 "너무 재미있었어요."라고 말해줄 때, 힘이 생기고 보람을 느낍니다.

쓴 책으로 동화책『파란 자전거를 찾습니다』,『할머니의 앵무새』, 청소년 인문학 도서 (공저)『작품 속으로 풍덩 문학관 산책』이 있습니다.『할머니의 앵무새』는 인도네시아에 수출이 되었습니다.

첫 원고의 화려한 불발

낯선 사람을 만났을 때, 옆에 있는 사람이 나를 동화작가라고 소개할 때가 있다. 그러면 상대방은 "진짜 동화작가처럼 생겼네요." 하고 종종 말하기도 한다. 나는 '동화작가처럼 생겼다는 게 무슨 뜻이지?' 머리를 갸우뚱거리면서 나도 모르게 웃게 된다. 아직 대표작품이 없어서 동화작가라는 이름이 부끄러울 때도 있지만, 그 말이 내 정체성을 확인해주는 것 같아 기분은 좋다. 나는 청소년 시절에 동화라는 문학 장르를 잘 알지 못했고, 작가가 되겠다는 생각은 애당초 해본 적이 없다. 그런 내가 동화작가가 되었다니, 진짜 꿈같은 일이다.

대학 들어갈 때까지만 해도 나는 목표가 없었다. 유치원을 같이 해보자는 언니의 권유에 솔깃해서 유아교육학과를 가기는 했지만, 학과 공부에 흥미를 느끼지 못했다. 유아교육학과는 특성상 어린아이들을 좋아하고, 피아노와 미술, 만들기 등 다재다능한 사람에게 어울리는 공부다. 나는 시골에서 태어나고 자랐는데, 당시에 학원이나 사교육은 상상할 수도 없었다. 그런 내가 유아교육학과를 갔으니, 한숨이 폭폭 터져 나왔다. 그냥저냥 친구들과 어울려 학교를 다니던 중에 그래도 숨구멍을 열어주는 학과목이 있었는데, 아동문학 수업이었다. 그 수업 시간만큼은 흥미가 있었다. 교수님은 작가들의 뒷

이야기나 작품의 탄생 배경 등을 들려주기도 했는데, 그런 이야기가 너무 재미있었다. 어떤 선배는 그런 이야기가 재미없어서 작가의 꿈을 접었다고 하니 사람의 인연을 어떻게 설명할 수 있을까.

교수님께 글을 써보고 싶다고 했더니, 스토리 구성하는 법을 가르쳐주시면서 한 편 써가지고 오라고 하셨다. 내가 동화를 써서 보여드리자, 교수님이 칭찬을 해주셨다. 그때까지 착실하게 모범생으로 살기는 했지만, 누구에게 크게 칭찬을 받은 적은 없었던 터라 교수님의 칭찬은 나에게 자신감을 갖게 했다. 깜깜한 밤하늘에서 반짝이는 별을 보는 것처럼 반갑고 기분이 좋았다.

교수님은 유치원에서 쓸 만한 동화가 귀하니, 당장 유치원에서 아이들에게 들려줄 동화를 써보라고 하셨다. 그렇게 해서 나는 동화를 쓰게 되었는데, 생각해보면 나는 나 자신에 대해서 너무 모르고 있었다. 어려서부터 집안 조상들 내력으로 뛰어난 문장가들이 많았다는 소리를 귓등으로 들으면서 컸다. 그래서인지 형제들은 다들 글쓰기를 좋아했는데, 나 또한 글을 쓰는 일이 마치 물을 마시는 것처럼 자연스러웠다. 특별히 내가 글을 잘 썼던 것이 아니라 작가의 바탕이 될 만한 상상력과 사고력, 감수성, 통찰력 등이 유전자 속에 잠재해 있었던 것이다.

그런데 작품이라는 것이 의욕만 가지고 쓸 수 있는 일은 아니지 않은가. 당시는 세계명작을 수입해서 전집류로 방문판매를 하던 시절이었다. 아동문학은 단행본으로 거의 출간을 하지 않았다. 지금도 출판사와 정식 계약을 맺고 책을 출간하는 것은 어려운 일이지만, 당시는 지금보다 몇 배는 더 힘든 시절이었다. 더구나 내가 동화를 배우던 무렵에는 동화를 써서 돈 벌 생각은 하지 말라고 하던 때였다. 그런데 어쩌자고 나는 이 길을 떠나지 못하고 있는지 참으로 아이러니한 일이다. 글을 쓰는 것은 사상누각을 짓는 것처럼 비현실적이고 허무맹랑한 일이 될 수도 있는데, 나는 20대에 품은 꿈을 평생 가슴에 품고 산다. 젊어서는 직장 생활과 결혼, 아이들 키우느라 바빴다고 핑계를 댈 수도 있지만, 가슴속에 알을 품은 새처럼 나는 늘 동화를 품고 있었다. 직장 생활을 하거나 아이들을 키우면서도 도서관을 별장 집처럼 드나들었다. 덕분에 우리나라 대표 출판사와 원고 계약을 맺기도 했다.

내가 처음 출판사와 원고 계약을 한 것은 2000년 초 무렵이었다. 그곳은 우리나라 출판사들 중 몇 손가락 안에 드는 유명 출판사였다. 그림책 원고를 투고하고 2주 만에 계약을 했는데, 출간은 쉽게 이루어지지 않았다. 당시 출판 시장에서는 우리나라 작가의 그림책을 출간하려고, 시장을 저울질하고 있었다. 해외에서 호평받은 그림책을 대형출판사 몇 군데서 판권을 사들여 찍어내다 보니, 더 들여

올 책이 없다는 말이 슬슬 나오고 있었다. 그 출판사에서는 이례적으로 연말에 계약 진행 중인 작가들을 초청해서 함께 식사도 하고 의견을 나누는 자리를 마련해주었다. 그 모임에 나는 두 번 참석을 해서 맛난 음식을 대접받았는데, 그곳에서 그림책을 함께 할 그림 작가 선생님과 인사를 나누기도 했다. 그런데,

"선생님, ㅇㅇ에서 만나요. 이제 서둘러요."

편집팀장의 전화는 그 전화를 끝으로 한동안 침묵으로 이어졌다. 나중에 알고 보니, 다른 출판사에서 일본 책을 수입했는데, 내 원고와 글의 내용이나 구성이 비슷해서 엄두를 못 내고 있었다. 그 책은 한눈에 봐도 선명한 그림과 색감이 돋보이는 그림책이었다. 책을 출간하지 못하겠다는 본부장의 변명이 이어졌다.

"후발주자는 불리해서……."

첫 번째 계약은 그렇게 화려한 불발로 막을 내렸다. 아마도 내가 유명 작가였으면 쉽게 포기하지 못했을 것이다. 당시는 저작권이 강조되던 시기도 아니었고, 신인 작가는 속수무책 당할 수밖에 없던 시절이었다. 나는 내 운으로 돌렸다. 행운이 진짜 내 운이 되기 위해서는 실력이 뒷받침되어야 한다고 생각했다. '또 좋은 글을 쓰면 되지 뭐!' 그 원고는 2년 만에 폐기 처분되고 말았다. 그때 그 원고가 책으로 출간되었으면 어떻게 되었을까.

첫 책이 세상에 빛을 본 것은 40대 중반이 되어서다. 동화를 쓰기 시작해서 첫 책을 내기까지 20여 년이 걸린 셈인데, 첫 동화책 『파란 자전거를 찾습니다』는 7년 만에 세상에 태어났다. 첫 출판사처럼 유명 출판사에서 계약 직전까지 갔지만, 원고 수정이 잘 진행되지 않아서 한동안 원고를 내려놓고 있다가 결국 다른 출판사에서 출간을 했

다. 사람들은 책 출간을 산고에 비유하기도 한다. "둘 중에 어떤 쪽이 더 힘드세요?" 하고 질문을 하면 여성 작가들은 어떻게 대답할까.

그래도 나는 꿈을 향해 한 발자국씩이라도 나아가고 있으니, 참으로 감사한 일이다. 주변에는 글을 쓰고 싶어도 여건이 여의치 않아서 글을 쓰지 못하거나 자신이 목표하는 지점에 도달하지 못해서 좌절하고 갈등하는 사람들도 많이 있다. 나 역시 '언제 이 터널이 끝나나!' 한숨 쉬던 시절이 있었는데, 작가들은 그런 혹독한 시간들을 담금질하면서 자기만의 독특한 작품 세계를 다듬어나가는 게 아닐까 싶다.

클라라의 휠체어

"글을 잘 쓰기 위해서 무엇을 하면 되나요?"

내가 엊그제 같은 대학 시절에 교수님에게 이런 질문을 했던 것 같은데, 요즘은 내가 종종 그런 질문을 받는다. "많이 읽고, 많이 쓰고, 많이 생각하라." 다독(多讀), 다작(多作), 다상량(多商量)은 동서고금을 통한 불변의 진리이다. 나는 요즘도 도서관 나들이를 즐겨 한다. 눈에 띄는 책이 있으면 내용이나 구성을 분석하고, 신선한 표현법, 특색, 장점 등을 메모하는 습관이 있다. 우리나라 책과 외국 책을 비교해보고, 우리나라 동화책의 한계가 무엇인지, 어린 시절 책 읽기의 경험이 지금의 나에게 어떤 영향을 미쳤는지를 생각해보기도 한다.

요즘은 책이 홍수처럼 넘쳐나서 눈만 뜨면 책이 보인다. 하지만 내가 어린 시절에는 책이 무척 귀했다. 학교도서관이나 공공도서관이 있었던 것도 아니고, 고작해야 이웃집에서 만화책이나 어린이 잡지를 빌려 보는 게 전부였다. 당시에는 옆집 친구들과 어울려 놀거나 농사를 짓는 부모님을 따라서 논과 밭에서 잔심부름을 하며 주로 시간을 보낼 때였다. 철이 들면서 봄에는 들에서 나물을 캐고, 낙엽이 지는 늦가을에 몇몇 친구들과 뒷산에 올라 나무를 해서 머리에 이고 내려오기도 했다. 이런 일은 일손이 바쁜 부모님을 돕기 위한 마음에서 우러난 행동이었다.

그러던 중에 하루는 이웃집에 놀러 갔는데, 안 보던 새 책 전집이 책상 위에 놓여 있는 걸 보게 되었다. 책이 무엇인 줄도 모르고 호기심에 몇 권 빌려다 읽었는데, 책을 읽으면서 태양을 품은 것처럼 가슴이 벅차오르던 기억이 아직도 생생하게 떠오른다. 그때 읽은 책으로 『아라비안나이트』, 『알프스의 소녀 하이디』, 『플랜더스의 개』, 『비밀의 화원』, 『철가면』 등이 있다. 지금 그 책의 내용을 다 기억하지 못하지만, 책을 읽던 분위기와 감정의 소용돌이는 지금도 아련한 추억으로 남아 있다. 어린 시절 책 읽기의 경험은 어른이 된 지금의 나에게도 많은 영향을 미치고 있는데, 심리나 배경 묘사가 잘된

잔잔한 이야기보다 사건이나 스토리가 강한 이야기에 흥미를 느끼는 것만 봐도 알 수 있다.

언젠가 "가장 사랑하는 책이 무엇이세요?"라는 질문을 받은 적이 있다. 몇 권의 책 이름이 술술 노래처럼 터져 나왔다. 내 입에서 나온 이름들은 대다수가 외국 책이거나 외국 작가였기 때문에 말해놓고 얼굴이 화끈 달아올랐다. '이래도 되는 것일까?' 그래도 어쩌랴. 누구를 억지로 좋아할 수는 없는 일 아닌가.

그중에 한 권이 『하이디』이다. 어린 시절 옆집에서 처음 빌려 읽은 그 책은 십 대의 정겨운 추억과 함께 늘 같은 모습으로 기억 속에 저장되어 있다. 내가 자란 시골집은 방문만 열고 나오면 사방팔방 먼 산이 눈에 들어왔다. 동녘 산 위로 아침 해가 떠오르고 서녘 산 너머 저녁 해가 지는 모습이 한눈에 다 보였다. 이제는 불이 나서 소실된 기와집과 햇볕이 따뜻했던 마루, 돌담으로 에워싼 마당 가장자리에는 감나무가 어깨를 마주하고 늘어서 있었다.

내가 이 책을 더 많이 사랑하는 이유 중의 하나는 어린 시절 내가 자란 고향과 닮았기 때문이다. 나는 알프스에 가본 적이 없지만, 하이디가 뛰어노는 알프스는 자연 속에서 어린 시절을 보낸 나에게는 영원한 향수처럼 남아 있다. 어쩌다 한 번씩 가는 고향 마을은 너무 많이 변해서 옛날의 자취를 찾기 어렵다. 아버지가 지게를 지고 소를 몰고 가던 언덕길은 흔적도 없이 사라졌다. 한번은 오빠하고 부모님이 농사짓는 논으로 일손을 돕기 위해 가다가 논두렁길에서 뱀을 만난 적이 있다. 오빠는 지게 작대기에 뱀을 들어 올려서 초록 보리가 일렁이는 보리밭으로 집어던졌다. 나는 그 주위를 지날 때면 초록 보리밭 속에 뱀이 꿈틀꿈틀 놀고 있는 환영을 보고는 했다. 그러다가 뱀이 불쑥 튀어나올 것 같아서 나도 모르게 백 미터 달리기를 하곤 했었는데, 세월이 흘러도 기억 속의 옛 고향은 예나 지금이나 변함이 없다.

『하이디』는 알프스에 사는 하이디를 통하여 세상일에 지친 사람들에게 자연의 치유 능력과 위대함을 일깨워주는 책이다. 하이디는 이모의 손에 이끌려 혼자 사는 할아버지 집으로 온다. 알프스에서 친구 페터와 염소를 치며 행복하게 살고 있는데, 또다시 이모가 나타나서 하이디를 부잣집 딸 클라라의 집으로 데리고 간다. 하이디는 몸이 약한 클라라의 말벗이 되어 친하게 지내지만, 알프스를 그리워하다가 그만 병에 걸리고 만다. 그 사실을 안 클라라의 가족은 하이디를 알프스로 돌려보낸다. 그리고 하이디를 찾아온 클라라는 자연 속에서 페터와 하이디의 도움으로 건강을 되찾고, 걷게 된다는 이야기다.

주인공 하이디는 너무 착해서 요즘 여자아이들에게는 매력이 없을 수도 있다. 하이디는 자기 스스로 어려움을 개척하는 의지가 강한 아이가 아니라 주변 사람들에게 끌려다니는 인물이기 때문이다. 알프스에 있는 할아버지한테 올 때나 몸이 불편한 부잣집 딸 클라라의 친구가 되기 위해 알프스를 떠날 때도 모두 이모의 결정에 따랐다. 그런데 하이디에게는 주변 사람들을 자기편으로 만드는 강한 무기가 있었는데, 바로 맑고 순수한 마음이다. 하이디가 알프스를 그리워하다가 밤에 몽유병 증세로 돌아다니는 모습을 보면 아무리 강철 같은 심장을 가진 어른이라도 감동하게 될 것이다. 그리고 '대체 알프스가 어떤 곳이면…….' 한번 가보고 싶은 호기심이 생기지 않을까.

책 속에서의 알프스는 단순히 아름다운 관광명소가 아니다. 삭막한 도시에서 지친 사람들을 위로하고 치유하는 자연을 상징하는 어머니 모습이다. 알프스로 돌아온 하이디는 주변 사람들에게 새로운 활력소가 되는데, 글을 배우는 페터와 페터의 할머니, 그리고 하이디를 위해 마을에 집을 수리하는 고집불통 할아버지까지 변화시킨다.

하이디를 찾아온 클라라를 시샘하던 페터는 클라라의 휠체어를 골짜기로 밀어버리는 어처구니없는 일을 저지르고, 클라라는 어쩔 수 없이 걸어야 하는 상황에 직면하게 된다.

“하이디, 네 말이 맞아. 발을 디뎌도 정말 아프지 않아.”
“다시 한 번 더 해봐.”
하이디가 재촉하자, 클라라는 몇 걸음 더 앞으로 내디딜 수 있었다.
“아, 하이디, 나 좀 봐. 내가 걷고 있어! 내가 걷고 있단 말이야!”
“그래, 맞아. 언니, 언니가 걷고 있어! 혼자서! 할아버지가 보시면 얼마나 좋아하실까!”
클라라는 여전히 하이디랑 페터를 잡고 있었지만, 한 발 한 발 뗄 때마다 점점 자기 발에 힘이 주어지는 것을 느낄 수 있었다.

『하이디』, p. 394, 요한나 슈피리

클라라가 다시 걸을 수 있게 용기를 낸 것은 그때까지 의지하고 있던 휠체어가 사라졌기 때문이다. 클라라의 휠체어는 클라라에게 없어서는 안 될 존재였지만, 휠체어가 사라지면서 클라라는 새로운 도전을 하고, 진정한 자유를 얻게 된다. 그리고 알프스산과 그에 깃든 아름다운 세계를 눈으로만 감상하는 것이 아니라 온몸으로 체험한다. 클라라의 휠체어를 통해 편안하게 안주하는 삶에 대해서 생각하게 된다. 편안한 삶을 추구하는 것은 인간들의 본능인데, 그런 삶에 익숙해지면 발전이 없다고 클라라의 휠체어는 속삭여주는 듯하다. 클라라를 부축해주는 하이디와 페터를 보면서 약한 친구를 도와주며 마음이 하나가 되는 과정이 새롭게 와 닿았다. 어른이 되어 인간관계에서 어려움을 느낄 때가 있는데, 사람들의 갈등을 해결하는 열쇠는 어려움에 처한 사람을 함께 도우며 극복하는 데에 있다는 단순한 깨달음을 되뇌게 된다.

내가 동화를 배우던 당시에는 '동화'라는 문학 장르가 이렇게 꽃을 활짝 피우게 될지 예측하지 못했다. '왜 하필 동화작가가 되었나!' 머리카락을 다 뽑아버리고 싶은 순간도 있지만, 그래도 동화를 쓸 수 있어서 행복하다. 내 삶의 가장 큰 행운이라고 생각한다. 내가 알프스의 소녀 하이디를 좋아하는 이유 중의 하나는 언젠가는 나도 그런 책을 써보리라 하는 꿈이 있기 때문이다. 그 꿈을 향해 나는 오늘도 한 발자국씩 산길을 오른다.

02

"이 나이에, 나의 앤에게"

『빨간 머리 앤』 (2008년)

지은이 루시 모드 몽고메리
옮긴이 김양미
그 림 김지혁
출판사 인디고

문학치료사 하정화

출판사, 교육기관, 독서 연구소에 근무했습니다.
아주 오래전에 아동문학가로 등단했고, 현재는 문학치료와 독서, 인문학과 관련된
수업과 강연을 하면서 다양한 사람들을 만나고 있습니다.
평생 책과 함께할 수 있는 이 직업을 너무 사랑하고 있습니다.

유년 - 문학으로 이야기하다

가끔 명함을 달라고 하는 사람이 있다. 그럴 땐 "잠깐만요……."라고 말한 후 얼른 손전화에 상대방 전화번호와 이름을 꾹꾹 누른다. "전화번호 보냈어요."라는 말을 남긴 뒤 서로의 기록을 확인하고서야 첫인사를 마무리한다. 명함을 주고받는 것보다 모바일로 상대방을 기록하는 일이 많아진 요즘이니 이런 상황은 자연스러운 일이다.

명함을 맨 처음 가졌을 때를 기억한다. 대학 졸업 후 첫 직장인 출판사에 출근한 며칠 뒤 처음으로 명함을 받았었다. 명함은 별다른 디자인 없이 회사 이름과 로고만이 선명했다. 사회 초년생이니 당연히 직책은 없고, 부서 아래 내 이름만 덩그러니 있던 단순한 명함이었다. 그날, 이젠 나도 어엿한 직장인이라는 설렘으로 지갑 속에 있던 명함을 몇 번이나 꺼내 보았었다. 그 후로 교육기관에서 교재 기획·편집 일을, 독서 연구소를 거쳐 문학치료, 인문학 관련일을 하고 있다. 이젠 시간과 경력이 더해져 명함 한 장을 건네지 않아도 될 만큼의 활동 영역은 있다. 문득 나는 내 삶을 잘 다듬고 있는지, 지금 하는 일의 깊이는 얼마큼인지 스스로에게 물어본다.

어릴 적 어른들이 나에게

"너, 커서 뭐 될래? 라고 물으면

"글 쓰는 사람 될 건데요."라고 망설임없이 대답했다.

"그거 밥 벌어 먹고 살기 힘들어. 다른 거 해."

그럴 때마다 어른들은 이렇게 말했다.

나는 글을 쓰는 직업으로 돈을 벌고 싶다고 말했을 뿐이었다. 그런데 왜 사람들은 나에게 하루 세 끼 밥 먹는 것이 어렵다고 하는지 이해할 수 없었다. 나는 어려서부터 글자가 가득한 책이 그냥 좋았다. 보고 생각하는 것을 글로 남겨놓아 다시 읽고, 고쳐 쓰는 것도 좋았다. 그 이유로 글을 쓰겠다고 했을 뿐이다. 그런데 어른들은 늘 이 '밥벌이'란 말을 꺼내 훗날 '먹고살 수 있는' 직업을 택하길 원했다. 이런 말을 들을 때마다 나는 '밥벌이가 뭔데?'라는 생각부터 했다. 그러나 직업으로는 기술이 있어야만 평생 먹고산다던 어른들의 이야기는 밀어놓고, 나는 '글 쓰는 사람'이 되고 싶다는 고집은 지켜갔다. 틈틈이 글을 써서 노트에다 모아두었던 나는 결국 대학입학원서를 '글 쓰는' 학과로 넣었고, 원하는 학과를 다녔다. 공부에 그다지 취미가 없던 나는 대학에서 무조건 글을 써야 하는 전공을 택하고서야 도서관도 다녔고, 시험 기간이면 치열하게 공부했다. 이유는 간단했다. 내가 좋아하고, 잘할 수 있는 것은 글을 쓰고, 읽는 것이 유일했기 때문이었다. 하고 싶은 일, 잘할 수 있는 일에 대한 단단함으로 대학 생활 내내 글을 쓰는 일을 게을리하지 않았다, 나는 졸업과 동시에 치른 공채로 출판사에 첫 출근을 하게 되었다. 이때 부모님이 공채시험에 덜컥 합격한 나를 보며 하시던 말씀은 아직도 마음의 훈장처럼 기억된다.

"니는 뭐라도 할 줄 알았다."

　나는 형제 중 오빠를 두고 딸 중에서 맏딸이다. 미장원을 운영하는 어머니를 위해 그 옆에서 곧잘 돕던 나였다.

　중학생이었던 여름방학 어느 날이었다. 그날도 이른 시각부터 우리 미용실을 찾아 파마 순서를 기다리는 손님들이 많았다. 배가 고프다던 손님들을 위해 호떡도 굽고, 수제비도 끓여 내놓던 나를 보며 어떤 손님이,

　"야는 덩치도 크고 엄마도 잘 돕는 것이 딱 큰 며느릿감이네. 그런데 인물은 저거 형제들보다 좀 빠지네."

　라는 말을 했다. 연예인 누굴 닮아 잘생겼다는 소릴 곧잘 듣는 오빠, 공부 잘하고 얌전하다고 학교 교지에 얼굴도 실렸던 여동생, 인형처럼 귀엽게 생겼다는 말을 늘 듣던 막내 여동생을 둔 나는 이 말을 인정하듯 대꾸도 하지 못했다. 무심히 듣는 척했지만 '큰며느릿감'이라는 말 뒤에 따라붙은 '좀 빠지네'는 두고두고 나를 위축하게하는 말이 되었다. 나는 무슨 일을 하다 조금 힘이 들면 '내가 좀 빠진 인물이라 그런가?'라는 생각도 하였다. 언제부턴가 나는 어떤 일

을 시작할 때마다 '좀 빠지지' 않기 위해 더 신중해야 했고, 치열하게 준비하였고, 많은 노력을 해야 했다.

그러던 어느 날 저녁, 텔레비전을 보며 형제들과 함께 둘러앉아 밥을 먹는데, 내 인생을 자극하는 만화영화 주제곡을 듣게 되었다.

'주근깨 빼빼 마른 빨간 머리 앤, 예쁘지는 않지만 사랑스러워~'

그 노랫소리는 그동안 별로 예쁘다고 하지 않아 주눅 들게 했던 나에게 '넌, 괜찮은 아이야.'라는 말처럼 들렸다. 그때부터 나는 앤이 누구인지, 어떤 아이인지 궁금해하기 시작했다.

『빨간 머리 앤』,

앤은 이렇게 나와 처음 만났다.

> 앤은 아침이면 혼자서 연인의 오솔길을 걸어 시내가 있는 곳까지 갔다. 거기서 다이애나를 만나면 단풍나무 잎이 동그랗게 아치를 이룬 길을 따라 통나무 다리까지 함께 걸었다.
> 앤이 말했다.
> "단풍나무는 참 다정한 나무야. 언제나 바스락대며 사람들에게 속삭이거든."
>
> 『빨간 머리 앤』, p. 193, 루시 모드 몽고메리

『빨간 머리 앤』은 루시 모드 몽고메리가 자신의 체험적 이야기를 담은 성장소설이다. 주인공 앤 셜리는 어린 나이에 부모를 병으로 잃고 혼자 이 집 저 집으로 떠돌다 고아원에서 지내게 된다. 초록 지붕 집에 살고 있는 매튜와 마릴라 커스버트 남매는 스펜스 부인에게 농장 일을 도울 남자아이의 입양을 부탁한다. 소년을 마중 나간 매튜는 스펜스 부인의 실수로 역에서 홀로 기다리고 있는 빨간 머리 소녀 앤 셜리를 만나게 된다.

매튜와 마릴라는 어릴 때부터 부모 없이 지낸 앤에게서 측은한 마음을 느껴 앤과 함께 살기로 결정한다. 결혼도 하지 않고 무덤덤하게 살아가던 커스버트 남매에게 특유의 상상력과 수다스러움, 다소 엉뚱하면서도 밝은 성격을 가진 앤은 삶의 활력이었다. 다이애나와 친구가 된 앤은 자신의 빨간 머리에 대해 말하는 린다 아주머니에게 무례하게 대하기도 했다. 앤은 마릴라 아주머니의 브로치 사건도 벌이는 등 에어버린 마을에 여러 사건들을 만들어낸다. 앤은 초록 지붕 집이 있는 에어버린 마을에서 성장하고, 독립하여 선생님이 된다. 다시 마을로 돌아온 앤은 어릴 적 친구인 길버트와 결혼을 하여 자신이 받은 사랑을 되돌려주는 삶을 살아간다.

앤에게 주근깨가 있고, 빨간 머리이고, 비쩍 마른 몸은 콤플렉스였다. 하지만 앤은 늘 당당했고, 긍정적인 마음을 지녔다. 앤은 가끔 실수도 있기에 마릴라를 걱정시키기도 했다. 하지만 그런 것쯤이야 앤의 성장을 위한 자양분이 되었다. 조금 힘든 일이 다가오면 앤은 툭툭 털고 일어서는 힘을 톡톡히 보여준다. 잘 자란 앤은 열심히 공부하여 대학도 가고, 선생님도 되고, 경제적 독립도 한다.

『빨간 머리 앤』이 다른 성장소설의 주인공과 다른 것은 앤은 자신이 가진 콤플렉스로 자신의 삶을 아프게 흔들지 않는다는 점이다. 더불어 앤처럼 힘든 시간을 버티고 있는 사람들에게는 마릴라와 매튜, 다이애나와 같은 따스한 지지자의 역할이 얼마나 중요한지도 보여준다. 성장을 필요로 하는 아이에게 누군가의 한마디는 에너지가 될 수 있고, 그렇지 않을 수 있다. 나를 놀라게 했던 '좀 빠진다'던 말이 그러했다. 물론 내가 왜곡된 기억을 가지고 있을 수도 있다. 그날 손님은 말을 하지 않았는지 아니면 좋은 의미의 말을 했을 수도 있다. 하지만 지금 나에게 그때 어떤 말이 오고 간 것쯤이야 이제는 특별하지 않다. 왜냐하면 오랫동안 공부한 문학치료 덕분에 더 좋은 에너지를 얻을 수 있었던 기억으로 남았기 때문이다.

가끔 어릴 적 나를 아는 사람들이 지금의 나를 만나면

"그 아이가 지금 저렇게 컸나?"

라는 말을 한다. 그럴 때마다 나는 웃으면서 대답한다.

"참 많이 컸지요!"

나의 유년을 떠올리면 보자기를 몸에 두르고 이곳저곳을 뛰어다니던 것이 먼저 생각난다. 정글을 탐험한다고 장롱이며, 옷장 위로 올라가는 일도 많았다. 방학 때 찾은 시골 할머니 집에서 처음 보게 된 개구리를 잡아 비워둔 고추장 항아리에 물 담아 넣어두기도 했다. 감나무에는 올라가면 안 된다는 어른들의 말을 귓등으로 듣고 기어이 올라가 나뭇가지도 분질러놓기도 했다. 학교 앞에서 병아리 장수를 만나는 날이면 모아놓은 용돈으로 으레 병아리를 샀다. 그러고는 병아리가 추울 거라고 무거운 이불 속, 부엌 아궁이 위에 데려다 놓는 일도 여러번 있었다. 하늘을 나는 것이 궁금했던 나는 풍선, 연을 사겠다고 낯선 동네에서 길을 잃고 동네 파출소를 들락거린 것도 한두 번만은 아니었다. 이처럼 잠시도 눈을 떼지 못할 정도로 부산함을 지녔으니 사 형제를 키우는 부모님에게는 이런 내가 좀 유별나게 느껴졌을 것이다.

지금 생각해보면 나는 좀 남다르기는 했겠지만 가진 상상력을 마음껏 펼쳐보려 했던 아이였다. 내가 상상하는 일은 마치 현실에도 일어나지 않을까라는 생각도 했다. 내 몸에 둘렀던 보자기는 '만약 나에게도 날개가 있다면 어떨까', 하는 궁금증을 직접 해소하게 했다. 개구리, 병아리와의 경험은 자연에 대한 관심, 생명의 소중함까지 알게 했다. 그러나 어릴 적 그 쾌감을 기억하기에 아이들의 웬만한 장난에도 화를 내지 않는다. 오히려 웃음으로 아이들을 쳐다본다. 이런 일들은 늘 문학적으로 찾아와 글을 쓰는 데 톡톡한 역할을 한다. 그래서 어느 작가의 말처럼 살아온 것을 문학으로 써내도 아직 남아 있다는 말에 공감한다. 나의 어린 시절은 내가 평생 퍼다 먹을 이야기의 우물이다.

나는 마음을 읽어주는 문학치료사입니다

나는 지금 사람들에게 '책'을 앞에 두고 이야기를 묻는 직업을 가졌다. 더 엄격히 말해 책 속 글 한 줄만으로도 숨겨놓은 상처를 이야기로 풀고, 새로움을 품어가는 직업이다. 어떤 사람은 '독서, 문학치료'라고 하면 책을 많이 읽어야 가능하다고 생각한다. 하지만 책을 많이 읽고, 꼭 읽어서만이 문학치료에서의 치유를 경험하는 것은 아니다. 책의 제목이, 책 속 한 문장, 작가의 프롤로그, 에필로그 등이 유난스럽게 읽혔을 때부터 문학치료와 독서치유의 시작이다. 내가 눈여겨보는 문장이나 단어들은 스스로의 삶에 영향을 지니고 있음이 이유이다. 그러기에 자신이 선택한 책은 분명 나의 비밀을 가지고 있다.

　처음 내가 '문학치료'라는 말을 들었을 때는 단순히 책을 읽는 법을 알려주는 것으로 짐작했다. '문학치료사'라는 직업이 우리나라에 처음 들어오던 때였다. 그러므로 그 누구에게도 이 직업에 대한 미래를 기대할 수 없었다. 하지만 문학을 오랫동안 다뤄왔던 나는 그것이 주는 치유에 대해 매우 궁금해했었다. 어쩌면 나의 삶의 방향을 더 확장시킬 수 있는 기회라고 생각했다.

　문학치료 자격 과정 공부가 만만치 않음을 첫 수업에서부터 알게 되었다. 문학치료는 감히 엄두조차 못 내고 두려워했던 심리, 철학, 역사, 사회·문학 분야를 바탕으로 한다. 자신의 이야기를 글로, 그림으로, 동작으로 드러내게 했다. 나의 이야기를 적나라하게 벗겨 낸다는 것에 대한 두려움이 시간마다 엄습했다. 어떤 날은 핑계를 대며 수업을 빠졌다. 하지만 차마 그곳을 벗어나지 않고 언저리를 맴돌았다. 그런데 신기하게 문학치료사 자격 수련 시간이 더해갈수록 내 마음이 가벼워지고 있음을 느끼게 되었다. 주말마다 진행되던 꼬박 1년의 자격 과정, 그리고 개인의 수련 과정을 거쳤다. 문학치료사 자격증을 받고 난 후에도 문학치료는 배워야 할 것, 알아야 할 것, 경험해야 할 것이 더 많았다. 하지만 그 과정을 기꺼이 해낼 수 있었던 이유는 어릴 적부터 가져온 '끈기' 덕분이었다. 힘들다고 도망갈 것이 아니라 버티고, 견디니 다가오는 것이 분명하게 있음을 배우는 시간이었다.

문학치료 과정에는 분명 일정한 규칙이 있다. 중요한 것은 누구나 '공감'하는 것부터 배우기 시작한다는 점이다. 하지만 이 공감의 언어는 다른 사람에 대한 위로이기도 하지만 더 많은 것을 되돌려 받는 일이다.

학교 밖 청소년이나 위기개입 청소년들을 만났을 때, 그들에게 굳이 책을 읽으라고 하지 않았다. 그들에게 닥친 현실은 책 한 권보다 상처나 분노의 이야기부터 들어주는 것이 문학치료의 시작이다. 어려서부터 부모로부터 격리되었던 어느 청소년은 죽음의 직전에서 문학을 만나 자신의 이야기를 글로 쓰기 시작했다. 정서적으로 힘든 시기를 겪는 사람들에게는 아프지 않았을 때의 이야기를 풀어놓는 것만으로도 풍족한 시간을 나눌 수 있다. 오랫동안 우울증을 앓고 있는 문학치료 참여자에게는 그냥 들어주는 일이 최선의 방법이었다. 가난 때문에 학교도 못 다녀봤는데 치매 초기 진단을 받은 뒤 문학치료를 만난 어르신도 있다. 그는 내 나이 팔십에 시도 쓴다고 했다. 마음 아픈 사람들은 속 깊은 이야기를 말로 한꺼번에 다 풀 수 없다. 그러기에 글이 필요했고, 글을 쓰다보면 어느새 문학이 되는 것도 알아간다. 이 때 나와의 화해를 경험하는 것이 문학치료의 목적이다. 이렇듯 내가 만나는 사람들은 자신의 이야기를 들어준다는 사실만으로도 나와의 시간을 기다렸다. 문학치료는 사람이 이야기가 되고, 이야기가 글이 되고, 글이 책이 된다. 그러니 사람이 곧 책이다.

나는 매일 많은 사람들을 만난다. 내가 만나는 문학치료 참여자들은 위로가 많이 필요한 사람들이다. 그들은 자신이 가진 상처가 어디쯤에서 생겨난 것인지조차 모르는 경우도 있다. 늘 괜찮다고 하지만 자신의 무의식 공간에 오랫동안 숨겨져 있던 그림자, 즉 자신의 상처가 어떠한 모습으로든 스스로를 힘들게 하는 것을 결국은 알게 된다. 물론 천천히. 그러나 애써 모른 척했을 뿐이었다.

문학치료는 내가 숨기고 싶은 상처, 불편한 기억과의 화해 공간이다. 이것은 문학의 비밀스러운 영역이기도 하다. 사람들은 여러 이유로 억압된 것을 쉽게 드러내지 못한다. 그것들을 드러내는 것이 쉬웠다면 그들은 치유의 시간을 가지지 않아도 될 일이다. 이때 책은 중요한 매개가 되어 숨겨둔 이야기를 잘 풀 수 있도록 도와준다. 그리고 그 아픈 기억들과 화해를 하도록 자리를 만들어준다. 이 일이 '문학치료사'라는 나의 직업이다.

그래서 나는 책이 좋다. 책이 어떻게 사람들의 마음을 변화시킬 수 있는지 궁금해한다. 독자는 활자가 주는 아주 사소하고 섬세한 울림에 영향을 받는다. 책은 사람을 바꾸는 기회는 분명하게 준다. 하지만 나의 삶의 주인이 되는 것은 오로지 나의 힘에 의해서만 가능하다는 것도 중요한 사실이다. 매일매일 책들을 탐색하는 요즘이다. 내가 평생을 책과 함께할 수 있도록 이 직업을 선택한 나를 늘 칭찬한다.

그래도 누군가 책이 정말 치유를 경험하게 하느냐의 질문을 한다면 이렇게 말할 수 있다.

"내 마음의 비밀스러운 상처가 더 아프게 나를 찌르기 전에 책으로 위로받을 수 있는 기회를 꼭 경험하세요."

03

"스스로 개척하는 길"

『로빈슨 크루소』 (2012년)

지은이 다니엘 디포
옮긴이 장순근
그 림 N.C. 와이어스
출판사 리잼

소방관 한재현

대학에서 간호학과를 전공하고 종합병원의 간호사로 일했습니다.
진로에 대한 고민을 하던 중에 소방관에 관심이 생겨 시험을 쳤습니다. 현재 소방관
소속 구급대원으로 근무하고 있습니다.

있는 자리에서 최선을 다하는 사람

'소방관' 하면 대부분 사람들은 화재 진압하는 일을 하는 사람을 떠올린다. 나는 소방관의 업무 중에서 환자처치와 이송을 담당하는 구급대원 일을 하고 있다. 현재는 잠시 현장을 떠나 종합상황실에 근무하고 있다. 이곳에서는 신고 전화를 받고 현장 대원 출동 지시를 하는데, 대원들이 현장에서 잘 활동할 수 있도록 지원을 하고 있다.

나는 어렸을 때 꿈이 가수였다. 노래 부르는 게 너무 좋아서 학교 등굣길에 동네 오락실인 코인 노래방에서 노래를 한 곡 부르고 갈 정도였다. 매일 노래하는 사람들이 모인 인터넷 카페에 가입해서 활동도 많이 했다. 부모님이 포항에서 작은 중화요리점을 운영하셨는데, 나와 동생은 음식점에 딸린 단칸방에 살았다. 부모님의 장사에 방해를 안 주려고 프링X스라는 동그란 과자 통에 입을 대고 노래를 했다. 가수 오디션에 지원도 했는데, 지금도 아쉬운 것은 그 유명한 'JYP'에서 연락을 받고도 안 간 것이다. 노래 잘하던 친구가 중간에 연습을 포기하는 것을 보고, 덜컥 겁이 났기 때문이다. 그때 만약 오디션을 봤더라면 어땠을까? 인생이 달라졌을까? 가끔은 아쉬움이 여진처럼 남아서 나를 흔들 때가 있다.

나는 대학에서 간호학을 전공했다. 그때는 남자 간호사가 사회에서 조금씩 자리를 잡아갈 무렵이었는데, 부모님의 권유로 가게 되었다. 고등학교 때 공부를 썩 잘하지는 않았지만, 과학과 생물은 늘 좋은 점수를 받았다. 간호학 공부를 하는 데 도움이 많이 되었다. 간호학과는 공부 양이 엄청 많은데, 한 학기에 전공 서적을 쌓으면 초등학교 저학년 키 높이 정도는 될 정도였다. 친구들끼리 모이면 우스갯소리로 "이 정도 공부할 줄 알았으면 수능 공부 열심히 해서 의대 갈걸 그랬지."라고 말하곤 했다.

군대 다녀와서 졸업을 앞두고 있을 때였다. 선배가 학교에 와서 소방공무원이 되었다고 했다. '그런 길도 있구나' 생각만 했지, 나는 큰 병원 가서 간호사 할 궁리만 하고 있었다.

나는 병원에서 전담간호사 업무를 했다. 영어로 PA(Physician Assistant)는 의사 보조를 하는 업무다. PA는 병동이나 중환자실에서 주사를 주거나 환자 관리를 하는 게 아니라 외과 계열에서 부족한 전공 의사를 대신해서 의사들의 수술 보조 및 환자 관리, 처방 보조 업무를 돕는 일을 한다. 전문의 중에 3D로 불리는 흉부외과의 경우, 전담간호사가 없으면 거의 일이 돌아가지 않을 정도로 바쁘다. 흉부외과 의사들은 수술과 외래 업무를 하다 보면 병동이나 중환자실에 있는 환자를 보지 못하는 경우가 많다. 이럴 때 전담간호사가 전문의처럼 환자 문제를 파악하고 담당 의사한테 전달한 뒤 처방을 받거나 수술 부위에 문제가 있으면 직접 보고 처치를 하기도 한다.

그럴 때 수술을 받은 환자들이 담당 의사가 하는 말에는 고개를 끄덕이면서 내가 하는 얘기에는 짜증을 내거나 예민하게 반응을 할 때가 있었다. 내가 흰색 가운을 입고 얘기하면 그런 불만이 없는데, 똑같은 얘기를 해도 뭔가 반응이 다른 모습을 보면서 자괴감이 들

때가 있었다. 그러던 즈음에, 남자 간호사 친구가 소방공무원이 된 것을 보면서 나도 도전해보고 싶은 생각이 들었다. 혼자 집에서 소방공무원이 된 내 모습을 상상해보니, 멋져 보였다. 위험한 현장에서 도움이 필요한 사람들이 제일 먼저 만나는 사람이 소방관인데, 내가 열심히 하면 환자의 생명을 살릴 수도 있을 것 같았다. 생각만으로도 꼭 해보고 싶은 사명감 같은 것이 생겼다.

그래서 인터넷 강의와 체력 시험을 거쳐서 소방공무원이 되었다. 주위분들이 위험한 현장에 자주 나가서 힘들 거라고 생각하는데, 나는 오히려 위험한 현장에서 일을 하거나 위독한 환자를 처치하면서 보람을 느낀다. 일을 하다 보면 종종 안타까운 일을 목격하기도 한다. 지금도 잊히지 않는 것은 1개월이 갓 지난 아기 일이다. 아기가 숨을 안 쉰다고 연락을 받고 출동을 했다. 손바닥보다 조금 큰 아기가 새파랗게 질려 누워 있는 걸 보니, 순간 머리가 하얘졌다. 아기가 너무 작아서 우리가 가진 바늘로는 혈관을 잡을 수도 없고, 너무 안타까운 상황이었다. 부리나케 병원으로 달려갔지만, 아기를 살리지는 못했다.

사고 현장에서 끔찍한 시신을 볼 때보다 죽어가는 환자를 내 손으로 살릴 수 없을 때가 정말 안타깝고 힘들다. 결과가 좋지 않은 환자를 이송할 때는 안전센터로 돌아오는 내내 계속 머릿속에 여운이 남았다. '내가 좀 더 열심히 했더라면 살 수 있지 않았을까. 다른 방법으로 응급처치를 했더라면 어땠을까' 등등.

현장에 있다 보면 소방관을 힘들게 하는 악성민원이나 비응급신고 때문에 난처한 경우도 생긴다. 언젠가는 식사하시다가 쓰러진 50대 아주머니를 병원으로 이송해드린 적이 있다. 아주머니 짐을 챙겨드리면서 검은 봉지 안에 있던 유리병이 깨졌는데, 그걸 나보고 배상을 하라는 것이었다. 나는 근무 중에 이탈할 수 없으니 나중에 보상해드린다고 해도 화를 내시는 바람에 며칠 동안 아주머니 전화 받느라 곤욕을 치렀다. 결국 꽃병 값은 우리 보험으로 보상해드렸다.

어떤 날은 강아지랑 산책하다가 다리에 쥐가 났다고 신고하는 분이 있었다. 본인이 급해서 신고를 했겠지만, 출동을 해야 하는 우리 입장에서는 더 황당한 일이다. 그래도 도와드리기 위해서 부리나케 달려갔는데, 소방관 한 명만 오지 세 명이 왔다고 되레 우리를 나무랐다. 나는 구급차는 세 명이 한 팀으로 같이 움직인다고 설명을 해드렸다. 그리고 한 사람은 친절하게 다리를 풀어드리고, 나는 강아지 목줄을 잡고 일을 해결해드렸다.

진짜 힘들게 하는 사람들은 비응급 상황인데도 법을 이용해서 자기를 병원으로 이송해달라고 하는 사람들이다. 그러면 진짜 응급환자가 제때 응급처치를 못 받아서 사망하는 일이 발생할 수도 있는데, 정말 너무하다는 생각이 들기도 한다.

청소년기를 돌아보면 나는 목표가 뚜렷하지는 않았다. 부모님도 내가 뭐가 되어야 한다고 큰 기대를 하시기보다는 그냥 묵묵히 지켜보면서 스스로 길을 개척해가기를 바라셨다. 간호학과를 선택한 것은 어머니가 의견을 주셨지만, 전적으로 나의 선택이었다. 고등학교 때 하루는 친구랑 싸우고 얼굴이 말벌한테 쏘인 것처럼 부어서 집에 돌아온 적이 있다. 그때에도 아버지는 나를 크게 나무라지는 않으셨다. 아버지는 "착한 사람이 되어라. 네 자리에서 최선을 다하다 보면 넌 큰사람이 되어 있을 거다."라고 말씀하셨다. 아버지는 지금 안 계시지만, 나는 아버지의 그 말씀을 늘 지키려고 노력한다. 나는 특별한 사람이 되기보다 내가 있는 그 자리에서 최선을 다하는 사람이 되고 싶다. 그래서 주변 사람들에게 선한 영향력을 끼치는 사람이 되길 원한다.

세상을 살아가는 자세

이 책은 내가 중학생이었을 때 아버지께서 읽어보라고 사다 주셨다. 아버지는 식당 일을 하시느라 바쁘셨지만, 종종 나에게 책을 한 권씩 사다 주시고는 했다. 아버지는 한창 사춘기인 내가 밖에서 무슨 일을 하고 다니는지 궁금해하셨는데, 내가 잔소리처럼 들을까 봐 신경이 쓰였던 거 같다. 나는 친구들끼리 어울려 게임을 하거나 몰려다니면서 놀 시간은 있어도 솔직히 책에는 손이 잘 가지 않았다. 그래도 아버지가 마음을 담아서 사다 주시는 책은 꼭 읽었다. 이 책은 그중에서 가장 재미있게 읽었다.

『로빈슨 크루소』, p. 125, 다니엘 디포

    이 책은 로빈슨이 항해를 하다가 무인도에 조난을 당해서 모험을 하는 이야기이다. 원작은 1부와 2부로 구성되어 있는데, 우리가 대부분 알고 있는 이야기는 1부에 해당된다. 나도 1부를 중심으로 이야기해보려고 한다.

    로빈슨의 부모님은 로빈슨이 중산층으로 평범하게 살기를 원했다. 그러나 로빈슨은 타고난 모험가의 기질이 있어서 아버지 친구의 배에 부모님 몰래 승선을 한다. 배를 타고 가다가 해적선을 만나고, 선장의 하인이 되어 육지에 정착을 하지만, 로빈슨의 마음속에는 새로운 곳을 탐험하고 싶은 열망이 사라지지 않는다. 로빈슨은 그곳을 탈출해서 바다를 항해한다. 위기 속에 좋은 선장을 만나고, 브라질로 가서 커다란 농장의 주인이 되기도 한다. 하지만 그곳에서 만난 농장주들과 흑인을 실어올 계획으로 항해길에 나섰다가 배가 폭풍우와 암초에 부딪히는 바람에 간신히 무인도에 혼자 살아남는 신세가 된다.

    로빈슨은 그곳에서 움막을 짓고 염소를 키우며 자급자족 생활을 하면서 돌아갈 날을 기다린다. 그러다가 식인종에게 붙잡혀온 원주민 청년을 구해주고, '프라이데이'라는 이름을 지어주며 함께 지낸다. 그러던 중에 카누를 타고 온 식인종 틈에서 스페인 선장과 프라이데이의 아버지를 구출해내기도 한다. 로빈슨은 어엿한 섬의 왕처럼 적응해서 살고 있는데, 또 다른 식인종 무리가 찾아온다. 그들은 영국인 배의 선장을 없애려고 선원들이 반란을 일으킨 것이다. 한편 로빈슨의 도움을 받은 선장은 반란을 일으킨 선원들을 제압한다. 그리하여 마침내 로빈슨과 프라이데이는 선장의 배를 타고, 27년 만에 구출이 된다. 로빈슨은 고향으로 돌아와서 브라질 농장에 모아둔 막대한 수익금을 찾고, 결혼을 해서 프라이데이와 행복하게 살아간다.

나는 로빈슨이 프라이데이를 구출해줄 때 너무 재미있었다. 무인도에서 홀로 외롭게 살던 로빈슨에게 프라이데이의 존재는 삶의 기쁨이자, 신의 축복이었을 것이다. 로빈슨은 원주민인 프라이데이에게 영국식 교육을 가르치면서 인생의 동반자를 얻게 된다. 프라이데이는 고향으로 돌아가는 것보다 로빈슨 크루소와 함께 있는 것을 더 원했으니, 참으로 두 사람의 우정이 흐뭇하게 느껴졌다. 그런 모습을 보면서 나도 내 주변에 그런 친구가 있다면 얼마나 좋을까, 나는 과연 그런 친구가 되어 주고 있는지 친구들을 떠올려보기도 했다.

로빈슨이 섬에서 혼자 살아가는 모습도 인상적이다. 만약에 나라면 단 하루도 견디지 못하고 미쳐버릴 것 같은데, 꿋꿋하게 살아가는 모습이 초인적으로 느껴졌다. 로빈슨은 막막한 상황에서도 살아있는 것을 감사하며 하루하루 계획을 세워 살아간다. 난파된 배로 가서 물건을 가져와 살림살이를 만들고, 염소를 키우면서 식량 준비를 하고, 농사를 짓고, 집을 짓는다. 그런 모습이 왠지 재미있을 것 같다는 생각도 했다. 만약에 로빈슨이 아무것도 하지 않고 누군가 나타나서 자기를 구해주기만 기다렸다면 아마 며칠 버티지도 못하고 쓰러졌을 것이다. 그런데 끊임없이 무언가를 계획하면서 부지런히 몸을 쓰고 부딪쳤기 때문에 식인종이 닥친 위기의 상황에서도 사람을 구하고, 친구로 만들어 함께 돌아올 수 있었다.

이 책에서 사람들의 잠재된 상상력을 자극해서 가상의 현실을 실제처럼 생생하게 묘사한 부분이 흥미진진했다. 이 지구 어딘가에 꼭 있을 것 같은 무인도에 실제로 불시착해서 로빈슨과 함께 탐험하는 기분이었다. 그리고 맨 마지막에 로빈슨이 고향으로 돌아와서 행복하게 사는 모습이 좋았다. 브라질의 농장에서 막대한 수익금을 로빈슨이 돌려받는 모습을 보면서 27년 동안 세상을 떠나 있어도 신의를 지키는 주변 사람들의 모습이 신선했다. 로빈슨은 바다에서 항해 중에 산더미 같은 파도, 해일이나 암초와 싸운다. 육지에서는 맹수, 식인종, 지진 등과 사투를 벌인다.

내가 생각했던 것보다 육지가 가까이 있다는 것을 알아차린 뒤,
파도에 떠밀려 나가지 않도록 안간힘을 썼다. 그러나 곧 파도를

이기기 어렵다는 사실을 깨달았다. 성난 파도가 높은 언덕처럼 느껴졌다. 결코 내가 이길 수 없는 무시무시한 적들이 나를 향해 달려왔다. 내가 할 수 있는 일이라고는 숨을 참았다가 물 위로 헤엄쳐 올라가는 것. 그리고 그 짧은 순간에 주변을 두리번거리는 것이었다. 가장 큰 걱정은 파도가 나를 해안 쪽으로 데려갔다가 다시 먼 바다로 밀어버리지 않을까 하는 것이었다.

『로빈슨 크루소』, pp. 58~59, 다니엘 디포

이 책에서 한 편의 영화 같은 부분이 있는데, 무인도에 홀로 남은 로빈슨이 삶을 개척하는 장면이다. 그 부분은 내가 세상을 어떤 자세로 살아가야 할지 진지하게 생각해보게 했다. 로빈슨이 살아서 고향으로 돌아온 배경에는 친구가 있었고, 자연을 즐기는 낙천적인 마음과 희망이 있었기 때문이다.

'눈앞에 나타난 위험보다 만 배는 더 무서운 게 바로 위험에 대한 두려움이다.'

편안해 보이는 우리 주위에도 곳곳에 위험은 도사리고 있다. 이 책은 막 세상에 한 발자국씩 나아가기 시작한 청소년기의 나에게 세상이 얼마나 크고, 얼마나 많은 다양한 사람들이 살고 있는지 보여주었다.

04

"별을 따는 것보다 더 어려운 일은"

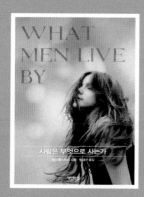

『사람은 무엇으로 사는가』 (2017년)

지은이 레프 톨스토이
옮긴이 방대수
출판사 책만드는집

공무원   심종보

대학에서 재료공학을 전공하였습니다. 그런데 적성에 맞지 않아 진로 고민을 많이 했습니다. 지금은 국가공무원으로 일하면서 직업에 대해 만족감을 느끼며 지내고 있습니다.

내가 가지고 있는 자질은 무엇인가

어린 시절 나는 할아버지한테 천자문을 배웠다. 할아버지가 거처하시던 사랑방에서 학동 다섯 명이 옹기종기 모여 앉아 할아버지가 낭독하시던 천자문에 귀를 기울였다. 꼿꼿하게 앉아서 수염을 쓰다듬는 할아버지를 따라서 우리는 한목소리로 몸을 흔들며 리듬에 맞춰 천자문을 소리 내어 읽었다. 그중에는 형들도 있고, 동갑내기 친구도 있었는데, 나는 천자문을 외우는 것이 정말 어려웠다.

"종보야, 머릿속에 기억이 잘 되지 않더라도 반복해서 읽다 보면 그 뜻을 이해하게 되느니라."

할아버지는 잘 따라 하지 못하는 손자를 혼내기보다 따뜻한 말씀으로 북돋아 주셨다. 어려서부터 한자 공부를 해서인지 남들보다 이해력은 좋은 편이어서 그럭저럭 공부를 곧잘 했다.

내가 입학한 고등학교는 연합고사가 시행되기 전, 마지막 입시를 치른다고 전국에서 수재가 몰려 경쟁을 벌였다. 당시에는 합격자 발표를 라디오로 했는데, 나는 내 이름을 듣고도 잘못 들은 것이 아닌가 귀를 의심했다. 그 정도로 어려운 시험을 뚫고 나는 당당히 입학했다. 시험 치는 날, 하필 친구가 교복 모자를 바꿔 쓰자고 했는데 어쩔 수 없이 하기는 했지만, 그것 때문에 떨어질까 봐 가슴을

졸이기도 했었다.

고등학교에 입학하고 보니, 서울은 말할 것도 없고 제주도에서 온 친구도 있었다. 그 당시에 우리나라는 6.25전쟁이 끝나고 나라가 피폐하던 때라 국가경제를 살리는 것이 가장 시급한 때였다. 나라에서는 현장에서 일할 수 있는 고급 인력을 키우기 위해 문과보다 이과를 집중적으로 육성하였다. 나는 2학년부터 이과반이 되었는데, 적성에 맞지 않는 이과 공부를 하는 것이 정말 쉽지 않았다. 그러다 보니 점점 공부에 흥미를 잃게 되었다. 하지만 3학년이 되어 학교 옆으로 이사를 가게 되었고, 대학 진학을 목전에 두게 되니 공부에 집중하면서 학교 성적이 조금씩 올라가게 되었다. 당시 고등학교 동기들이 대학 입시에서 얼마나 좋은 기록을 남겼을지는 굳이 설명할 필요가 없을 것이다.

나는 서울에 있는 공대로 제일 유명한 대학교에 전액 장학금과 생활비까지 받는 특별 장학생으로 입학했다. 하지만 문과 체질인 나에게 공대 공부는 쉽지 않았다. 나는 대학에서 '재료공학'을 전공했다. 화학은 좀 했지만, 재료의 물리적인 변화를 이해해보려고 해도 머리에서 그림이 그려지지 않아 너무 답답하였다. 결국 이 분야는 나의 길이 아니라는 생각에 대학 공부를 포기하였다. 당시에 삼성이 반도체사업을 준비하던 때라, 삼성으로부터 자기 회사로 들어오라는 입사 제의를 받았다. 내가 대학 공부를 계속하였다면 지금쯤 어느 자리에 있을까 하는 궁금증이 들지만, 그 길은 나의 길이 아니었다는 생각은 지금도 변함이 없다.

　나는 군복무를 하면서 어떻게 인생을 살 것인가 많은 고민을 하였
다. 공무원이 된 결정적인 이유는 할아버지가 어려서부터 들려주신
우리 집안 선조들에 대한 자랑스러운 말씀들 때문이다. 조선시대에
과거시험에 급제하신 분들과 할아버지부터 손자까지 3대가 연이어
서 영의정을 하신 훌륭한 조상들에 대한 할아버지의 이야기를 들으
면서 무의식 속에 공직을 선망하는 마음이 자리 잡고 있었다. 비록
대학교 전공과는 다른 일을 하고 있지만, 내가 어려서부터 바랐던
공직 생활이기에 지금도 후회하지 않고 만족하며 살고 있다.

　내가 지금 일하는 곳은 병무청인데, 이곳은 국민의 4대 의무 가운
데 남자들이 이행해야 하는 병역의 의무를 총괄하는 국가기관이다.
병역 의무자를 관리하며, 군복무를 부과하고, 산업기능 인력의 지원
등의 일을 하고 있다. 가끔 군복무에 부담감을 가진 젊은이들이 병
역을 면해보려고 자해를 하는 안타까운 일을 저지르는 것을 보기도
한다. 하지만 나에게 있어서 군복무 기간은 내 자신을 진지하게 돌

아보고 나의 인생 진로를 정할 수 있었던 소중한 시간이었다. 요즘 공무원은 인기 직업이 되었다. 하지만 내가 공무원 시험을 칠 당시에는 우리나라가 살기 어려운 시절이라 너무 적은 월급을 주는 공무원은 그다지 인기 있는 직업이 아니었다. 그동안 무수히 많은 직종이 새로 생겨났고 사람들의 직업관이 변하였는데도 공무원이 선호 직업이 된 현실은 참 믿기 어렵다. 아무래도 일과 삶의 균형 속에 안정적인 직업을 선호하는 신세대들의 성향이 반영된 현상이 아닌가 한다. 하지만 한 가지 분명한 사실은, 인공지능 AI가 지구상의 한 종으로 진화해가는 미래 사회에는 우리가 지금 감히 상상도 할 수 없는 직업군이 생겨난다는 것이다. 그러므로 도전적이고 창의적인 정신으로 미래를 예측하며 내가 하고 싶은 직업을 선택하는 것이 후회 없는 삶이 되리라고 본다.

그렇다면 어떻게 해야 이 세상의 주인공으로 후회가 적은 인생을 살 수 있을까? 무엇보다 자신이 가지고 있는 자질이 무엇인지를 빨리 깨달아야 한다. 일을 하다 보면 힘든 때가 찾아오기 마련이다. 그 분야에서 성공하기 위해서는 힘든 상황을 어떻게 이겨내느냐가 중요한데, 자신의 일이 적성에 맞는다면 힘든 상황이 찾아와도 보다 즐거운 마음으로 이겨낼 수 있을 것이다.

나에게도 공직 생활 중에 힘들었던 시기가 여러 차례 있었다. 그중에서 업무 스트레스로 반신마비를 겪었을 때에는 '정말 내가 이 길을 선택한 것이 잘한 일인가?' 하는 의문을 갖기도 했다. 큰아이 백일잔치를 10여 일 앞두고 갑작스러운 반신마비로 대학병원 중환자실에 실려 가는 일이 생겼는데, 결국 신체적으로는 발병 원인을 찾아내지 못했다. 그때 나는 민원실에서 국외여행허가 민원을 접수

하는 일을 하였는데, 당시에는 국외여행허가를 받기 위해서는 귀국 보증인 세 명을 세워야만 했다. 그런데 귀국보증인을 세우는 것이 쉬운 일이 아니기에 서류를 내는 사람들의 항의로 접수창구는 조용한 날이 없었다. 병원에서 나온 후에도 반신마비로 말을 제대로 할 수 없었기에 업무에 바로 복귀하지 못하고, 한 달간 병가를 쓰며 산속에서 하루 종일 힘들게 걷기를 반복하였다.

그렇게 4년 정도 지나 어느 정도 몸이 회복되자 달리기를 시작했다. 처음에는 초등학교 운동장 5바퀴를 뛰는 것도 힘들었지만, 차츰 몸이 단련이 되었고 이후 풀코스도 수십 차례 완주하고, 울트라마라톤에도 푹 빠져서 살 만큼 달리기는 내 일상이 되었다. 누군가 달리기를 '하느님께서 인간에게 주신 최고의 선물'이라고 하였는데, 몸치인 나에게 달리기는 몸과 마음은 물론 정신까지 건강하게 해주는 정말 좋은 운동이 되었다.

국회에서 사람들의 뜻을 모아 법을 만들면 공무원이 그 법을 집행한다.

하지만 사람의 삶이 너무나 다양하기 때문에 법이 모든 사람들의 사정을 다 담아낼 수는 없다. 그렇기 때문에 법을 집행하는 공무원은 그 과정에서 억울한 사람이 생기지 않도록 늘 신경을 쓰지 않으면 안 된다. 그러므로 공무원이 가져야 하는 가장 중요한 자질은 냉철한 머리 못지않게 다양한 사람의 사정을 잘 살필 줄 아는 따뜻한 마음이다.

공무원도 다른 어느 직업 못지않게 창의적인 업무 능력과 연구하는 자세가 중요하다. 세상은 빠르게 변해 가는데, 공직자들이 새로운 변화에 빠르게 적응하지 못한다면 사회에서 새롭게 발생하는 갈등을 제대로 해결할 수 없기 때문이다. 그렇기 때문에 매의 눈으로 세상을 바라보며 급격하게 변하는 세상의 흐름에 뒤처지지 않도록 끊임없이 공부하고 노력하게 된다. 또한 법을 집행하는 과정에서 법과 현실 사이에 괴리가 있다면 창의적인 생각으로 현실에 맞도록 법을 집행하기 위해 노력하여야 한다. 정부에서는 공직사회에 업무를 세밀히 분석하고 창의적으로 연구하는 분위기를 장려하기 위해 업무를 개선하는 데 탁월한 실적을 올린 공무원에게는 해외단기연수 기회를 주고 있다. 나도 이러한 제도 덕분에 동남아와 중국은 물론 미국과 남미까지 해외연수를 다니며 다른 나라의 행정을 견학하고 올 수 있는 기회를 몇 차례 가질 수 있었다.

하늘의 별을 받는 사람이 되려면

내가 소개하려는 책은 20세기를 대표하는 대문호 가운데 한 분인 러시아의 톨스토이가 쓴 단편소설 '사람은 무엇으로 사는가?'이다. 제목이 좀 딱딱하지만 이 책은 지금도 많은 사람들에게 사랑을 받는다. 그 인기 비결은 무엇일까? 나는 이 책을 읽을 때마다 어린 시절 할아버지가 하신 말씀을 떠올리게 된다.

어느 날, 붓글씨를 쓰는 할아버지 옆에서 먹을 갈아드리고 있었다.

"종보야, 세상에서 가장 힘든 일이 무언지 아느냐?"

"……."

나는 답을 못 하고 머리를 갸웃거리며 까만 눈동자를 굴리고 있었다.

"그것은 하늘의 별을 따는 거란다."

할아버지의 너무나 엉뚱한 말씀에 그만 피식 웃고 말았다. 어린 내가 생각해도 하늘의 별을 따는 것은 인간으로서 도저히 불가능한 일로 보였기 때문이다. 그러자 할아버지가 또 질문을 하셨다.

"하늘의 별을 따는 것보다 더 어려운 일이 있단다. 그게 무엇이겠느냐?"

"네? 후우."

나는 하늘의 별을 따는 것보다 더 어려운 일이 있을 거라고는 생각하지 못했기에 대답을 못 하고 한숨만 폭폭 내쉬었다. 그러고는 곧 잊어버렸다. 그런데 할아버지를 생각할 때면 그 말씀이 늘 함께 떠오른다. 할아버지는 왜 내게 그런 말씀을 하셨을까. 내게 해주신 말씀은 어떤 의미가 있을까. 가끔 할아버지가 들려주신 말씀을 떠올릴 때마다 그 의미가 늘 새롭게 다가왔다. 이 책을 읽으면서 느낀 할아버지의 말씀을 소개해보고자 한다.

책 속의 주인공 천사 미하일은 하느님으로부터 한 여인의 영혼을 하늘나라로 데리고 오라는 명령을 받는다. 그런데 그 여인은 막 쌍둥이 딸을 낳은 병든 사람이었다. 미하일은 엄마를 하늘나라로 데려가면 아이들을 돌봐줄 사람이 없게 될까 봐, 하느님께 아이들이 클 때까지만 기다려달라고 부탁을 한다. 그러자 하느님은 미하일에게 다시 가서 당장 그 여인을 데리고 오라고 하면서, '사람의 마음에는 무엇이 있는가. 사람에게 주어지지 않은 것은 무엇인가. 사람은 무엇으로 사는가.' 세 가지 질문을 다 깨달은 후에야 하늘나라로 올 수 있을 거라고 말한다.

이렇게 해서 미하일은 추운 겨울날, 천사의 날개를 잃은 채 벌거벗은 몸으로 교회 담벼락에 기대어 있다가 가난한 구두 수선공 세몬의 눈에 띄게 된다. 남을 도와줄 형편이 되지 못하는 세몬은 갈등을 하지만 결국 미하일을 집으로 데려가게 된다. 미하일은 세몬의 집으로 가면서, 세몬의 얼굴에 드리워진 죽음의 그림자가 사라지고 생기가 도는 것을 보고 첫 번째 질문의 답을 얻는다. 어느 겨울날은 거대한 체격의 신사가 구두를 주문하러 세몬의 집을 찾아왔는데, 미하일은 신사의 뒤에 죽음의 천사가 있는 것을 보게 된다. 하지만 그 신사는 자신의 죽음을 전혀 알지 못하는 것을 보며, 두 번째 질문의 답을 얻는다. 세월이 흘러 한 여인이 죽은 줄로만 알았던 쌍둥이 아이들을 데리고 세몬의 집으로 오게 된다. 미하일은 그 여인을 보면서 마지막 질문의 답을 얻게 되면서 하늘나라로 다시 올라가게 된다.

작가는 이 책에서 사람의 마음에는 자신보다 어려운 처지에 놓인 사람을 돕고자 하는 것이 있으며 사람은 자신의 앞날을 볼 수 있는 능력이 주어지지 않았지만, 다른 사람들을 보살피려는 따뜻한 마음으로 살아간다는 것을 미하일의 깨달음을 통해 들려주고 있다.

> 내가 사람이 되었을 때 살아갈 수 있었던 것은, 내 스스로 자신의 일을 걱정했기 때문이 아니라 길을 가던 한 사람과 그의 아내의 마음에 사랑이 있어 나를 불쌍히 여겨 보살펴주었기 때문이다. 또, 두 고아가 잘 자랄 수 있었던 것도 한 여자의 진실한 사랑이 있어 그들을 불쌍히 여기고 사랑해주었기 때문이다. 그래서 모든 인간들이 살아가고 있는 것은 그들이 자기 자신을 걱정하기 때문이 아니라 사람들의 마음에 사랑이 있기에 살아가는 것이다.
>
> 『사람은 무엇으로 사는가』, p. 58, 레프 톨스토이

사람은 이 세상을 살아남기 위해 본능적으로 자신만을 챙기기에 급급하다. 세몬에게 돈을 빌려 간 사람이 그 돈을 갚지 않는 이유는 자신을 먼저 생각하는 이기심 때문이다. 미하일이 데리러 갔던 어머니나 구두를 주문하러 온 신사처럼 사람은 하루 앞도 보지 못한 채 우선 자신만을 챙기며 살아간다. 하지만 미하일이 지상으로 내려와서 추운 한겨울에 살 수 있었던 것은 가난한 세몬과 그의 아내 마음속에 불쌍한 이웃을 도우려는 따뜻한 마음이 있었다. 어머니를 잃은 아이들이 살아갈 수 있었던 것도 아이들을 가련히 여기고 도와주려는 한 여인의 따뜻한 마음이 있었다. 또한, 세몬의 얼굴에서 죽음의 그림자가 사라질 수 있었던 것도 벌거벗은 미하일을 그냥 지나치지 않고 도와주었기 때문이다. 이처럼 사람은 자신의 마음속에 있는 사랑의 마음을 따뜻하게 밝힐 때에 이 세상 사람들이 더불어 살아갈 수 있는 것이다.

별을 따는 것보다 더 어려운 것은 무엇일까? 그것은 별을 딴 사람

으로부터 그 별을 받는 것이라고 한다. 어려서는 할아버지께서 하신 말씀을 제대로 이해할 수 없었다. 막연하게 별을 받으려면 별을 가진 사람이 나에게 그 별을 주려는 마음이 먼저 있어야만 하겠다는 생각이 들었다. 하지만 어느 순간 이 세상에는 '스타'로 불리는 사람들이 무수히 나타났다. 그들은 자신의 분야에서 각고의 노력 끝에 최고의 자리에 오른 사람들이었다. 그들이 '스타'로 불리는 것을 보며 할아버지가 말씀하신 '하늘의 별을 따는 것'은 자신이 목표한 분야에서 최고의 자리에 오르는 것이 아닐까 하는 생각이 들었다.

그렇다면 이 세상에서 제일 힘들다는 '하늘의 별을 딴 사람에게서 그 별을 받는 것'은 대체 무엇을 의미할까? 이 책을 통해 나는 사람은 마음속에 다른 사람을 도우려는 마음이 있다는 것을 깨달았다. 그리고 그 마음 때문에 사람이 살 수 있다는 것도 깨달았다. 세몬은 너무나 가난해서 남에게 나누어줄 것이 없었지만, 벌거벗은 채 떨고 있는 미하일을 그냥 두지 못하고 집에 데려갔다. 나누는 것은 정말 어려운 일이지만, 결국 자신을 살리는 결정이었던 것이다.

나는 어려서 할아버지께서 해주신 말씀을 가끔 떠올리며 하늘의 별을 따려고 하기보다는 딴 별을 나누며 살아가는 삶을 먼저 생각하게 되었다. 그러다 보니 남을 도우려는 마음은 자연스럽게 내 삶에 녹아들었다. 내가 하고 있는 나눔의 삶 중에는 '다른 사람과 생명을 나누는 실천, 헌혈'이 있다. 피는 생명이기에 과학이 발전한 지금까지도 사람이 만들어내지를 못한다. 그렇기에 다른 사람이 헌혈을 해주지 않으면 피가 부족한 사람은 당장 생명을 위협받을 수밖에 없다. 다른 사람에게 헌혈을 하려면 나 자신이 먼저 건강해야만 한다. 나는 건강한 몸을 지키려고 노력해왔고, 지금까지 200회가 넘는 헌혈을 할 수 있었다. 내 몸에서 만들어진 피로 수많은 다른 사람이 생명을 이어갔다는 사실은 나를 살려주는 소소한 행복이 되었다.

나는 청년기에 앞으로 큰일을 할 수 있으리라는 주변의 기대를 받았었다. 지금 와서 보면 내가 목표로 했던 분야에서 최고가 되지 못하였기에 마음 한편에는 부끄러움도 있다. 그렇지만 어떻게 하면 함께 살아가는 사람들에게 도움이 될 수 있을까 하는 생각은 늘 가지고 살아왔다. 사랑은 곧 이웃에 대한 관심이라고 생각하기에, 나는 일을 할 때마다 다른 사람들의 마음을 좀 더 읽고 귀담아 들어주려고 노력하고 있다. 내 인생이 이 세상에 아무런 발자국도 남기지 못하겠지만, 내게 주어진 시간들을 소중하게 생각하면서 나와 더불어 살아가는 사람들이 보다 더 행복해질 수 있기를 바라는 마음으로 오늘도 한 발자국씩 나아가고 있는 중이다. 톨스토이의 말처럼 그것이 결국 나 자신이 사는 것이고 우리 모두가 사는 것이라고 믿기 때문이다.

05

"나는 여전히 꿈을 향해 달려가고 있다"

영화 <스타워즈>

출처: https://pxhere.com/ko/photo/1205277

게임크리에이터　공기헌

학창 시절 수학, 과학 등 이과 계열은 좋아했지만, 사회, 역사 등 암기 과목이 많았던 문과 계열 과목들은 싫어했습니다. 지금은 좋아하는 전공 분야와 관련한 일을 하고 있는데, 학창 시절에 못 한 공부를 몰아서 하는 느낌입니다. 그래도 지금 하는 일이 재미있고, 좋아서 여기까지 온 듯합니다.

대학에서 컴퓨터 공학을 공부했고, 현재 게임 회사에서 3D 게임 애니메이터로 일하고 있어요. 대표 개발 게임으로 〈아이온〉, 〈마구마구 Live〉, 〈노바워즈〉 등이 있습니다.

앞으로 나아가야 할 길

어렸을 때부터 난 게임을 좋아했다. 초등학교에 다닐 때쯤 한창 컴퓨터 교육이 시작되었는데, 컴퓨터 학원들이 유행하기 시작하였다. 처음으로 컴퓨터가 가정에 보급되기 시작했고, 플로피 디스크를 넣어서 컴퓨터를 부팅시키고, 키보드에 게임팩을 장착해서 게임을 하곤 했다. 이렇게 컴퓨터와 친해지며 학창 시절을 보냈고 결국 대학교는 컴퓨터 관련 학과로 컴퓨터 전공을 살리게 되었다. 그때는 아무 걱정 없는 대학생이었고, 앞으로 무엇을 해서 먹고살아야 할지도 몰랐다.

4학년쯤이 되자 조금씩 걱정이 생기기 시작했는데 1학년 때부터 시작한 여러 종류의 컴퓨터 프로그래밍 수업은 어려운 데다 적성에 잘 맞지도 않았다. C언어·자바, 플래시, 포토샵, 프리미어 등등. 그러다가 우연히 4학년 때 3d max 강의를 듣게 되었다. CAD와 비슷한 툴인 3d max는 조각조각 면을 만들고 점을 옮기고 면을 모아서 입체를 만드는 프로그램이었다. 수업을 진행하면 할수록 재미있었고, 시간 가는 줄 몰랐다. 진로를 정확히 정하지 못한 나는 급기야 학교 강의만으로는 부족하여 학교 도서관에서 관련 서적들을 모두 찾아서 공부하기 시작했다. 독학으로 그 당시 시중에 나와 있는 3d max

수십 권의 책을 다 보며 따라 만들기 시작했다. 지루할 틈이 없이 열심히 했다. 그때쯤 내가 앞으로 가야 할 길은 이것이라고 확신이 들었다.

"그래, 게임 쪽이다! 게임 쪽으로 가자"고 다짐하고 게임 관련 3D 공부를 하기 시작하였다. 그러나 곧 한계에 부딪쳤다. 독학으로 건물, 사물 같은 그래픽은 만들 수 있었지만, 캐릭터는 만들기가 쉽지 않았다. 학교를 졸업한 이후 1년 동안 게임 전문 교육 학원을 다니자고 생각하며 게임그래픽 공부에 매진하게 되었다.

1년 동안 공부를 하다 보니 갈증이 생기고, 더 큰 세계에서 배우고 싶어서 짐을 꾸려 서울로 올라왔다. 그렇게 서울 생활은 시작되었고, 1년 동안 준비한 성과물을 가지고 여러 회사에 지원하였다. 그리하여 게임 회사는 아니지만 3D 애니메이션 회사에 취업하게 되었다. 업무는 3D 캐릭터에 생명을 불어넣는 애니메이션 작업이었다. 사회 초년생 신입이라 모든 업무가 생소하고 배울 것이 많았다. 나는 그곳에서 팀워크와 선의의 경쟁이 무엇인지를 깨닫게 되었다.

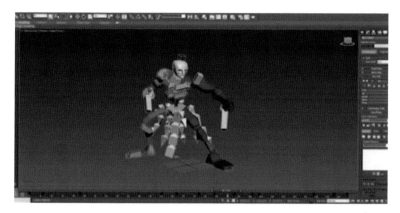

〈3ds max 바이패드(골격)를 이용한 애니메이션 작업〉

그곳은 <스폰지밥>으로 유명한 미국 애니메이션 회사 <Nickelodeon>
에서 외주를 받아서 <Tak and the Power of Juju>라는 TV판 애니메이
션 프로젝트를 수행하고 있었다. 자기가 맡은 분량의 한 신(scene) 한
신을 애니메이션으로 작업하고, 그 신들을 처음부터 끝까지 연결하면서
서로 조언해주고, 감독님의 확인을 받고 수정하며 실력을 쌓았다. 지
금은 연락이 닿지 않지만 참 고마운 스승님이자 좋은 동료들이었다.
때론 수정도 많고 힘들 때도 있었지만, 즐거운 회사 생활을 하였다.
좋아하는 일이라서 가능했던 것 같다.

몇 년간 애니메이션 회사를 다니다가 회사 사정이 어려워져서 그만
두고, 게임 회사로 이직하게 되었다. 그곳은 국내 게임 회사의 외주
를 받아서 작업하는 작은 회사였다. 외주 받은 프로젝트는 PC 온라
인 게임 <아이온>이었다. 워낙 유명한 게임이어서 처음에는 '잘할
수 있을까'하는 부담감을 느꼈다. 그곳의 실장님이 많이 도와주셨는
데, 작업을 할 때면 칼 대신 직접 우산을 들고 휘두르며 영상을 찍어

모션에 관해 영상이 찍힌 내 모습이 우스꽝스럽고 손발이 오그라들었지만, 재미있게 작업할 수 있었다. 또한 스케줄에 쫓겨 밤샘 작업도 많았지만, 마지막에 최종 통과가 되면 너무 뿌듯하고 보람을 느꼈다. 그때 게임 캐릭터에 레벨 업을 하듯이 나의 실력도 한층 업그레이드되고 자신감이 생기기 시작했다. 사람은 누구나 자신에게 아주 어려운 일이거나 힘든 일을 겪게 된다. 하지만 최선을 다해 그 일을 해낸다면 한층 성숙해지는 듯하다. 마치 비가 온 뒤에 땅이 굳어지는 것처럼 말이다.

더욱 성숙해진 나는 더 큰 회사에서 일을 해봐야겠다고 다짐하고 다시 회사를 옮기게 되었다. 지인의 추천으로 더 큰 회사에 입사하게 되었는데, 그곳은 더 넓은 세상이었고, 직원도 많았으며 실력이 쟁쟁한 유명한 사람들도 많았다. 나는 우물 안 개구리를 실감하게 되었다. 그곳에서 살아남기 위해 뭐든지 열심히 했다. '시간은 금이다.'라는 말을 그때처럼 절실하게 느낀 적이 없었다. 그때부터 뭐든 배우려고 노력하고 공부했다. 업무 관련 공부며 자기 개발까지 영어 공부도 열심히 하고 있다.

게임 개발은 혼자만 잘해서 될 일은 아니다. 게임 안에서도 여러 분야의 전문가들이 모여서 작업을 해서 하나의 게임이 만들어진다. 기획자, 원화가, 모델러, 애니메이터, 이펙터, 프로그래머, 서버프로그래머, 사운드 등등. 하나의 게임을 개발하기 위해 필요한 대표적인 인력들이다. 서로서로 조율을 잘 해서, 한 발짝씩 같이 앞으로 가야 좋은 게임이 나온다. 나는 그 속에서 중요한 역할을 담당하는 동시에 모두가 완벽한 게임을 만들어낼 수 있도록 유기적으로 연결되는 희열을 느끼고 있다. 그것이 게임이고, 그것이 인생이다.

꿈을 꾸게 하는 세상

나는 어렸을 때, 영화 마니아여서 영화감독을 꿈꾸기도 하였다. 나에게 영향을 준 영화가 많이 있는데, 지금의 직업을 선택하게 된 계기에 영화도 한 몫을 한 것 같다. 특히 좋아하는 감독은 스티븐 스필버그와 조지 루카스이다. 모두 공상과학영화 감독들이다. 그들이 만든 영화를 모두 좋아하지만, 여기서 말하고 싶은 영화는 조지 루카스의 <스타워즈> 시리즈이다. 이야기 전개는 <에피소드 1편, 2편, 3편, 4편, 5편, 6편>이지만, 제작 순서는 <에피소드 4편-5편-6편-1편-2편-3편>이다.

조지 루카스 감독에 따르면 당시 기술로 <에피소드 1, 2, 3편>을 표현하기 힘들어 일단 클래식 시리즈인 3, 4, 5편을 먼저 만들고, 기술이 발달하면 나머지를 만들기로 했다고 한다. 첫 스타워즈 <에피소드 4편>은 1977년도에 상영되었다. 나는 그다음 해에 태어났으니, 얼마나 오래된 영화인지 가늠해볼 수 있다. 나는 이 작품의 발상이 뛰어나다고 생각한다. 멀고 먼 은하계에 있는 각각의 행성들은 세계 여러 나라처럼 은하 공화국을 이루고, 의회를 이루고 있다. 그런데 그중에 공화국을 찬성하는 행성과 연합국에서 분리되길 원하는 행성 사이의 갈등이 끊이질 않는다. <에피소드 1편, 2편, 3편>의 주인공 아나킨 스카이 워크는 공화국의 전사 제다이가 되어 분리주의파와 싸우는데, 어머니의 죽음을 계기로 반대편 수장에게 포섭되어 분리주의파가 되고, 공화국은 식민지를 거느린 제국으로 바뀐다.

아나킨은 잔인한 성격으로 변해서 제다이 스승과 싸우다가 부상을 입고 다스 베이더가 된다. 아나킨을 사랑하는 파드메는 죽기 전에 아들(루크)과 딸(레아) 쌍둥이를 낳아서 숨긴다. <에피소드 4편, 5편, 6편>에서는 주인공 루크 스카이 워커가 저항군을 도와서 제국의 황제와 아버지인 다스 베이더를 무너뜨리는 내용이다.

난 그중에 <에피소드 3편>을 제일 좋아한다. 3편은 앞에도 설명했듯이 1, 2, 3편에 나온 주인공 아나킨 스카이 워커가 4, 5, 6편의 악의 편으로 나오는 다스 베이더로 변하는 과정을 그리고 있다. 사랑에 눈먼 아나킨은 사랑하는 사람 파드메(아미달라 여왕)를 살리기 위해 어쩔 수 없이 악의 편으로 설 수밖에 없는 안타까운 스토리이다.

출처: https://pxhere.com/ko/photo/1205281

스타워즈를 보면서 항상 느끼지만 광범위한 스케일에 압도당한다. 현재까지 알려진 우주는 너무나 크고 무한해서 인간으로서 늘 상상력의 한계를 느낀다. 그에 비하면 지구는 너무 작아서 우주에서는 그냥 먼지일 뿐이다. 스타워즈가 만든 세계관처럼 어쩌면 우주 저 어딘가에 진짜로 아름다운 행성과 다양한 생명체가 살고 있을지도 모른다. 스타워즈가 만들어낸 세계관은 관람객에게 가상을 현실로 상상하게 하는 강력한 호기심으로 매력에 빠져들게 한다. 웅장한 전투 장면, 다양한 캐릭터와 외계 생명체, 탄탄한 스토리, 다양하고 아름다운 외계 행성의 풍경 등등. SF영화를 좋아하는 사람이라면 누구나 흠뻑 빠져들지 않을 수 없다. 청소년기에 혼자만의 상상을 하며 나도 모르게 빗자루를 들고 광선 검 흉내를 내곤 했다.

그중에서도 내가 가장 인상적이었던 것은 <에피소드 3편> 후반 부분에 파드메가 변한 아나킨을 걱정하는 마음에 우주선을 타고 그가 있는 행성으로 가게 되는 부분이다. 그 우주선에는 스승인 오비완이 아나킨을 찾기 위해 몰래 타고 있었다. 파드메와 아나킨은 서로 걱정하며 파드메가 아나킨에게 악의 편에 서지 말라고 설득을 하지만, 아나킨은 자기가 옳은 길을 가는 것이라며 확신하고 있었다. 그 무렵 오비완이 몰래 나타나자 아나킨은 더욱 분노하며 둘은 싸우기 시작한다. 싸움과 동시에 긴장감 있는 음악이 흘러나온다. 긴장감 있는 영상과 연출, 음악들은 바로 내가 여기까지 올 수 있었던 원동력이며 나의 몸에 있는 피를 끓어오르게 하는 요소들이었다.

게임은 문화다

요즘 게임을 보면 한 편의 영화라고 해도 손색이 없을 정도로 연출력이 뛰어나다. 게임에서도 영화와 마찬가지로 수준 높은 스토리, OST(음악성), 오락성이 요구된다. 더군다나 가장 가볍게 여겨졌던 게임 OST 분야는 유명 아티스트가 참여하기 시작하면서 또 다른 시장으로 발전하고 있다. 하나의 게임으로 파생되는 사업이 그만큼 커지고 많아진다는 현실의 반증인 셈이다.

어렸을 때에는 게임 퀘스트를 모두 끝내고 엔딩을 볼 때 여운이 많이 남았다. 그리고 거기에서 나름 인생의 희로애락을 느끼기도 했다. 하지만 우리 현실 속에서 게임은 마냥 긍정적이고 희망적인 단어가 아니다. 다름 아닌 '게임중독' 때문이다. 2019년 5월 24일 세계보건기구(WHO)는 중독성 행위 장애(Disorders due to addictive behaviors) 항목에 '게임이용장애(게임 중독)'를 정식 질병코드(6C51)로 추가 등록했다. 마치 양날의 검처럼 게임이 좋은 것, 또한 나쁜 것이 될 수도 있다고 생각한다. 그렇기 때문에 우리 사회에서는 게임을 효율적으로 이용할 수 있는 능력이 더더욱 많이 요구된다. 뭐든지 과하면 모자라는 것만 못하다.

나는 게임을 개발하는 사람이지만, 한 아이의 아빠이기도 하다. 대부분의 아이들은 게임과 유튜브 보는 것을 좋아한다. 나는 중독성이 강한 부분 때문에 내 아이에게 스스로 조절하는 자제력을 키워주려 노력한다. 스스로 조절하는 능력을 키운다면 인생에 많은 도움이 되고, 희로애락(喜怒哀樂)을 배우게 될 거라고 생각하기 때문이다.

요즘은 세상이 너무 빠르게 변하고 있다. 잠깐 한눈을 팔면 사회에서 도태되고, 사람들의 대화에도 끼지 못할 정도가 된다. 자율주행차가 나오고, AI가 직원을 해고시키고, 개인이 방송을 하고, 수천, 수만 명이 게임 경기를 보고 열광하는 시대에 도달했다. 시간은 빠르다. 그리고 세상은 변한다. 금방 10대에서 20대, 30대, 40대가 된다.

마지막으로 나는 이 책을 읽고 있는 학생들에게 말해주고 싶다.

여러 가지 일을 경험해보고 느껴라. 꿈을 크게 가지고, 견문을 넓혀라. 어떤 일을 하든지 하고 싶은 것을 하라. 재미있는 것을 하라. 항상 생각하고 고민하고 노력해라. 최선을 다해라. 시간을 낭비하지 마라. 그리고 지금 시작해라.

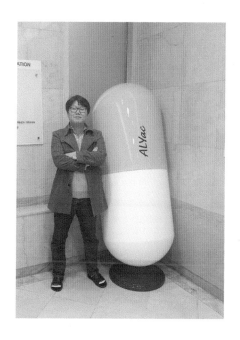

06

"진심은 마음을 움직인다"

『플로렌스 나이팅게일 평전』 (2019년)

지은이 김창희
출판사 맑은샘

간호사   류으뜸

대학에서 생물학을 전공하고, 다시 간호학과에 편입해서 간호사가 되었습니다. 대학병원 심장내과 병동을 거쳐서 지금은 종합병원의 종합검진센터에 근무하고 있습니다.

늦깎이 간호사

"류으뜸! 오늘 실습 어땠어?"

"아빠! 난 간호사를 못 할 것 같아요."

나는 울음을 터뜨렸다. 간호사가 되기 전 학생간호사 시절, 병원으로 첫 실습을 나간 날에 생긴 일이다. 실습 마치는 시간에 맞춰 아빠가 전화를 하셨다.

"왜 그러니?"

걱정스러운 목소리로 아빠가 물으셨다.

"다리가 너무 아파요."

집으로 돌아오는 지하철역에서 대답을 했던 기억이 난다. 책상에 앉아서 수업만 받던 내가 8시간 동안 서서 일을 해보니 다리가 떨어져나가는 것만 같았다. 그런 내가 이제는 서서 일하는 것이 습관이 되어 여러 시간 앉아 있는 게 오히려 어색하고 좀이 쑤시기도 하는 간호사가 되었다. 서울에서 태어난 나는 아빠 직장을 따라 초등학교 시절을 거제도에서 보내게 되었다. 우리 반에는 고아원에서 학교를 다니는 친구들이 있었다. 어린 나이에 부모님이 안 계시다는 게 너무 막막해 보여서 부모님께 말씀드렸다. 아빠는 그 친구들을 집으로 데려오라고 하셨다. 엄마는 맛있는 통닭도 튀겨 주시고, 친구들과 즐거운 시간을 보내도록 배려해주셨다.

3학년이 되어 집 근처로 전학을 가게 되었는데, 우리 반에 뇌성마비 친구가 있었다. 몸이 불편한 그 친구를 체육 시간과 소풍 갈 때 챙기고, 철이 없어 놀리는 친구들에게 그러지 말라고 편을 들어주었다. 학년이 바뀔 때 그 친구 엄마는 나를 같은 반이 되게 해달라고 선생님께 **부탁하셨다.** 나는 그 친구와 한 반이 되어 짝꿍으로 지냈는데, 그 친구 덕분에 '착한 어린이상'을 받게 되었다. 그런데 아빠도 어렸을 때 그 상을 받으신 적이 있다고 하셨다. 나는 몸이 불편한 사람들을 돕는 특수학교 교사나 사회복지사가 되고 싶다는 생각은 했지만, 간호사에 대해선 생각해본 적 없이 학창 시절을 보냈다. 하지만 성적에 맞춰 들어간 일반 학과를 졸업 후 취업의 문턱에서 고민을 많이 하게 되었다. 병원의 의과대학 실험실에서 잠깐 일한 적이 있었는데, 병원에서 일하는 사람들이 너무 멋있고 보람이 있어 보였다. 그래서 생물학과를 졸업하고 간호학과로 다시 편입하게 되었다.

학교를 졸업한 후 내가 간호사가 되었다고 하니 놀라는 친구가 많았다. 나는 겁이 많고 병원을 무서워하는 아이였기 때문이다. 학창 시절 생물 시간에 개구리나 붕어를 조별로 해부하는 실험을 할 때가 있었다. 친구가 칼을 잡고 해부할 때 잔인해 보여서 **차마** 보고 있을 수가 없었다. **배가** 잘리는 동물들이 불쌍하고 배 속을 쳐다보는 게 징그러워 실험 시간이 너무 괴로웠다. 보고서를 쓸 때도 동물을 직접 보기가 힘들어 친구의 그림을 보고 따라 그리기도 했는데, 나는 그 그림을 쳐다보는 것도 부담스러워했을 **정도였으니까** 말이다.

　간호사가 되기 전에 어머니가 병원에서 맹장 수술을 하신 적이 있었는데, 병실에서 보호자로 하룻밤을 보내게 되었다. 밤이 되어 병실에 계신 분들이 다 주무시자, 난 어머니가 계시는 병실이 무서워서 잠을 이루지 못하고 병실 밖에서 뜬눈으로 시간을 보냈다. 물론 간호사가 되어서도 병원은 나에게 편한 곳은 아니다. 피도, 주사도, 죽음에 대한 두려움도 적응하는 데 오랜 시간이 걸렸다. 하지만 닥치니 하게 되었고, 해내려는 의지와 경험이 쌓이니 어느새 그런 것들은 자연스러운 업무가 되었다. 이제는 그런 것 말고, 업무의 능률과 팀원들과의 협력 등 다른 것들을 고민하는 간호사가 되었다.

　나는 5살 어린 학생들과 공부해서 29살에 신규 간호사가 되었다. 나이가 어린 서배 간호사들은 나이가 많지만, 모든 게 서툰 신규 간호사를 대하는 게 쉽지는 않았을 것이다. 하지만 환자들을 대하다 보면 사회적 지위나 학력과 상관없이 나이는 그냥 많아지는 게 아닌 것 같다는 생각을 할 때가 많다. 연륜이라고 해야 하나! 그분들에게 삶의 지혜가 묻어나듯 나도 신규 시절에 나이가 많았음으로 인해 환

자들의 고충과 마음을 더 깊이 이해해드렸던 것 같다고 힘이 되어
주시던 수간호사 선생님께서 말씀해주셨다.

　지금은 종합검진센터에서 일을 하고 있다. 요구 조건이 다양하고
경제 사정이 다른 분들이 예약 상담을 많이 하신다. 그분들의 필요
를 빨리 알아내고, 적은 비용으로 효율적인 방법을 제안해드리면 그
분들이 고맙다고 하실 때가 있다. 그런 말들을 들을 때 나는 간호사
의 소명을 생각하며 더욱 신이 나서 일을 하게 된다.
　요즘은 간호사가 인기 직업으로 손 안에 꼽힌다. 고령화 사회가
진행되면서 간호 인력을 필요로 하는 분야가 많이 생겨났기 때문이
다. 예전에는 간호사가 지금처럼 선호도가 높지 않았다. 오히려 과
도한 업무에 기피하는 직업군에 속하던 시절도 있었는데, 나는 직업
선택을 잘한 것 같다. 무엇보다 나의 성격이나 기질 등 적합성이 잘
맞기 때문이다. 간호학과 교수님은 "말하기 싫어하는 사람은 지금이
라도 당장 학교를 그만두라. 간호사는 말을 많이 하면서 환자들과

소통해야 하고 소소한 것까지 다 설명을 열심히 해드려야 한다.”고 강조를 하셨다. 나도 그런 면에서는 잘할 수 있을 것 같았다.

10대의 자녀를 키우는 엄마의 눈으로 나의 10대를 돌아보면 나도 지금 아이들처럼 많이 혼란스러웠다. 왜 공부하고 어떤 사람이 되고 싶은지 고민도 하지 않은 채 성적으로 사람을 판단하던 시절이었다. 부모의 기대나 남들 시선에 따라 점수에 맞춰 대학에 진학하다 보니, **나도** 내 의지와 상관없이 살고 있었다.

만약 내가 다시 10대로 돌아간다면 어떤 일을 하면서 평생을 보낼지 깊이 고민해보고 미래를 준비하고 싶다. 대부분 사람들은 10대에 공부한 실력으로 전공을 정하고, 20대에 전공한 공부로 직업을 얻게 **된다.** 그 직업으로 50년 이상을 살아야 하고, 은퇴 후 그 일로 봉사할 수 있는 일에 대해서 그때 관심을 가졌더라면 좋았을 텐데, 그러면 나의 성격, 성향, 좋아하는 것들을 미리 생각해보고 어떤 일로 내 시간과 체력과 물질을 써야 할지 다방면으로 찾아봤을 것이다. 간호사가 되려는 목표를 세웠다면 지원 점수가 낮은 간호학과라도 갔을 텐데, 그런 꿈을 갖지 않다 보니, 일반 학과를 갔다가 다시 간호학 공부를 하며 이 길을 조금 돌아오게 되었다.

생명까지 내어놓는 용기

어린 시절 우리 집은 부잣집이 아니었다. 그래도 부모님께서는 계몽사에서 나오는 전집도 사주시고 위인전이나 컬러학습대백과 등

책을 많이 사주셨다. 부모님이 산동네 단칸방에서 신혼 생활을 하실 때도 아빠는 나를 임신한 엄마에게 『엄마랑 아가랑』 잡지를 사다 주시곤 했다고 하셨다. 아빠는 내가 초등학생 땐 『어린이문예』를 정기 구독 해주고, 중학생이 되자 『하이틴』이나 『주니어』 같은 잡지를 퇴근길에 동네 서점에서 사다 주셨다. 나는 가수나 연예인에 관심이 없었지만, 아빠는 인기 연예인의 책받침이나 브로마이드도 받아다 주셔서 **친구들에게 나눠주곤** 하였다.

그러다가 대충 성적에 맞춰 갔던 대학교에 입학하고 보니 마음잡기가 쉽지 않았다. 수업만 마치면 집으로 가며 **학교생활에서 겉도는** 나에게 친구들이 도서관 자리를 잡아주며 학교에서 시간을 보내게 **하려고 신경을 써주었다.** 도서관에 앉아 공부를 하려니 전공 공부에는 관심이 가지 않고, 그냥 시간을 때우려고 서가에 꽂힌 책을 둘러보았는데 책이 너무 많아서 놀랐다. 그래서 마음에 드는 제목이 있으면 별 생각 없이 빌려다 읽었다. 그런데 언제부터인가 도서관은 나에게 매력적인 곳이 되어 항상 책을 여러 권 대출해서 스쿨버스에서도 열심히 읽게 되었다. 나는 쉬는 시간에도 도서관을 다니면서 책을 좋아하는 선배들과 친하게 되었는데, 그들에게 책도 추천받고 감상도 나누며 행복한 시간을 보내게 되었다.

내가 간호사가 되기 전에 나이팅게일은 막연히 그냥 훌륭하고, 용기 있는 간호사로 느껴졌다. 하지만 내가 간호사가 되어 나이팅게일에 관한 책을 다시 읽어보니, 감동이 되지 않는 부분이 없다. 정말 고맙고 대단한 분이라는 생각이 든다.

『플로렌스 나이팅게일 평전』. p. 74. 김창희

　나이팅게일(1820~1910년)은 현대 간호학의 창시자이면서 군 의
료개혁의 선구자이다. 이탈리아를 여행 중이던 영국 귀족 부부의 둘
째 딸로 태어난 나이팅게일은 당시 최고의 교육을 받으며 성장했다.
나이팅게일은 어릴 때 동네의 가난하고 아픈 분들에게 음식과 약을
나눠주곤 했는데, 그분들을 제대로 돌보고 싶어서 간호사 공부를 하
려고 마음먹는다. 하지만 그 시대의 간호사는 천하고 어려운 직업으
로 여겨져 가족들의 반대가 심했다. 그래도 나이팅게일은 독일로 가
서 간호학 공부를 하고 병원을 운영하다가 크림전쟁(러시아의 남하 정
책을 견제하기 위해 유럽 동맹국이 크림반도에서 벌인 전쟁)이 나자 전쟁터
에서 열심히 병사들을 돌본다. 나이팅게일의 간호를 받고 전쟁에서
돌아온 병사들이 나이팅게일을 칭찬하자 영국 여왕도 그를 지지하
고 간호학교를 세운다. 그 후 실력 있는 간호사를 양성하게 되면서
간호사의 위상도 높아지고, 세상에서 인정을 받게 된다.

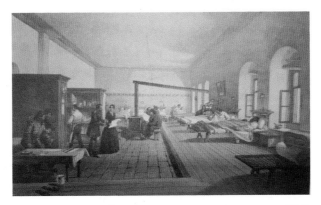

『플로렌스 나이팅게일 평전』. p. 193. 김창희

나이팅게일은 크림반도를 지키는 수호자요, 등불을 든 영국군의
천사입니다. 그녀가 지나가는 것을 보는 것이 우리들의 유일한 낙
(樂)입니다. 그녀가 우리 부상병들에게 미소를 보내며 말을 걸곤
했지만, 수백 명이나 되는 부상병들에게 일일이 다 할 수는 없었
습니다. 대신에 우리는 침대에 누워서 우리 곁을 지나가는 그녀의
그림자에 입을 맞추고 마음을 편안히 가라앉힐 수 있었습니다.

『플로렌스 나이팅게일 평전』, p. 209, 김창희

　병원에서 환자들을 대하다 보면, 여러 가지로 힘들게 하는 사람들
이 있다. 하지만 나이팅게일은 '전쟁터야말로 간호사가 필요한 곳이
아니겠는가?' 하며 자원해서 그 힘든 곳으로 달려간다. 본인 돈을 털
어 환자들의 담요와 붕대도 사고, 잠을 줄여 밤에도 등불을 들고 다
니며 아픈 환자들이 없는지 살펴본다. 나이팅게일의 그 마음과 정신
을 어떻게 표현할 수 있을까. 고귀한 집안에서 태어나 생과 사를 넘나
드는 환자를 돌보는 것은 자신의 생명까지도 내어놓는 용기가 필요한
일이었다. 세상에는 역사에 빛나는 위인들이 많이 있지만, 나이팅게일

은 알아갈수록 더욱 존경심이 우러나온다. 나이팅게일은 어렸을 때 가난하고 병든 이웃을 위해 들꽃을 꺾어다 주며 위로를 해준다. 그것이 아픈 사람에게는 약이나 음식보다 못하다는 것을 깨닫고 수업 시간에 괴로워한다. 그때 선생님은 성경의 한 구절을 인용해서 나이팅게일을 위로한다. '기뻐하는 자와 함께 기뻐하며, 우는 자와 함께 울어라.'

현장에서 환자분들을 돌보다 보면 잠시 방심한 사이에 위급한 상황이 발생하기도 한다. 그럴 때에 나는 침착하게 따뜻한 손길, 다정한 눈빛, 밝은 웃음으로 그분들의 마음을 헤아려주려고 늘 노력한다.

"예쁜 꽃을 기대했지만,
잘 자란 향나무였어요"

『차라리 꿈꾸지 마라』 (2014년)

지은이 공기택
출판사 한스북스

장대현학교 교사 **황은지**

대학에서 물리학을 전공했으나 화학과로 전과를 해서 교직을 이수했습니다.
현재 탈북청소년 대안학교에서 교사로 근무하면서 아이들과 함께하는 나무가 되기
위하여 그들의 향과 열매를 알아가려고 노력하고 있습니다.

꿈에 반짝거리는 빛이 더하다

어릴 적부터 나는 학교가 참 좋았다. 친구들과의 재잘거림이 좋았고, 함께 꿈을 키우며 책장을 넘기는 것이 좋았다. 상기된 얼굴, 땀이 송골송골한 모습으로 열심히 가르치시는 선생님들의 눈빛이 좋았다. 나에게 학교는 꿈이었다.

대학에 진학하여서는 교사의 길로 가겠다는 마음 하나로 열심히 수업을 듣고 공부를 했다. 같은 길을 꿈꾸는 다른 친구들처럼 임용 고시를 위한 스터디를 계획하고, 시험을 준비하는 시간을 보내기로 다짐하였다. 그러던 어느 날, 한 강의를 듣게 되었다. 강사는 태국의 산골에서 소수민족의 학생을 가르치고 계신 분이었다. 소수민족은 나라 안의 갈등으로 국민으로 인정받지 못하고 변방으로 떠돌아다니는 사람들이다. 그들의 자녀들은 불안한 생계 때문에 배움의 기회도 얻지 못한 채 버려져 있는데, 그 아이들이 교육으로 변화하는 모습을 보면서 교육자로서 사명감을 느낀다고 하셨다. 그 아이들이 가져올 미래 세상을 꿈꾸며 그들을 가르친다는 그분의 강의를 들으면서 나는 교사의 역할에 대해 다시 한번 생각하는 계기가 되었다. '배우고 싶어도 배우지 못하는 아이들이 있다!'

그 이후로 나는 배움이 필요하지만, 배우지 못하는 사람이 있는 곳으로 가겠다고 다짐했다. 교사란 임용고시에 합격하여 공립학교로 나아가는 것이 유일한 길이라는 나의 생각이 바뀌는 순간이었다. 교사가 되고자 했던 나의 꿈에 반짝거리는 빛이 더하여진 것 같았다. 언제쯤 교육이 필요한 곳으로 갈 수 있을까 기대하는 마음으로 아프리카나 해외 산골 오지에 갈 날을 기다리고 있었다.

대학 졸업 후에 나는 지금 근무하고 있는 장대현학교 교장선생님과 인터뷰를 하게 되었다. 교장선생님이 물었다.

"선생님의 비전은 무엇입니까?"

"저는 교육을 원하지만 교육을 받을 수 없는 곳으로 가서 아이들을 가르치는 교육자가 되고 싶습니다."

그러자 교장선생님께서 말씀하셨다.

"이곳이 바로 그곳입니다."

장대현학교는 평양에서 설립되어 일제강점기 민족 부흥운동을 일으켰던 장대현 교회를 모태로 설립되었다. 이곳에는 탈북 청소년이나 중국 또는 한국에서 출생한 탈북민 자녀와 남한 청소년이 함께 공부하고 있다. 학생들 중에는 북한에서 굶주리며 산속 움막에서 생활하던 친구들이 있고, 자유를 찾아 북한을 떠나서 오랜 시간 떠돌다 한국에 오게 된 친구들도 있다. 엄마를 따라, 좀 더 나은 삶을 찾아 한국에 왔지만 북한에서 왔다는 이유로, 중국에서 왔다는 이유로 심한 괴롭힘과 따돌림을 당한 친구들도 많이 있다. 이 친구들은 공부를 하고 싶어도 할 수 없어서 배우는 기쁨도 잃은 아이들이다. 나는 장대현학교에서 이 아이들을 만났다.

이곳에서 교사로 함께하게 된 지도 벌써 삼 년이 되었다. 지난 삼년 동안 나는 초보 교사로 적응기를 보냈다. 참 많이 좌충우돌하는 시간이었다. 그 속에서 배운 가장 큰 깨달음은 '함께함'이다. 처음 학교에 들어온 후 학교 업무를 익히고 수업을 하면서 설레기도 하고 긴장도 많이 했다. 아이들에게 사랑과 격려, 위로를 주고 때로는 따끔한 충고도 할 줄 아는 교사가 되고자 했지만, 이것은 내가 생각한 것보다 훨씬 어려운 일이었다. 아이들이 배움의 즐거움을 흠뻑 느끼길 바라는 마음과, 공부를 열심히 하길 바라는 마음으로 새벽까지 잠을 못 이루며 수업을 준비하기도 했다. 아이들이 수업을 지루해하거나 흥미를 전혀 보이지 않을 때면 교사로서 자질이 부족한 것은 아닌가, 어떻게 해야 아이들이 수업에 흥미를 가질 수 있을지 고민도 많이 했다. 아이들에게 내 마음이 잘 전달되지 않을 때는 나의 부족한 모습에 낙담하기도 하고, 아이들에게 어떻게 다가가야 할지 몰라 밤마다 기도하는 시간을 보내기도 했다. 이러한 순간마다 나에게 힘이 되어 준 것은 동료 교사들의 진심 어린 위로와 격려, 그리고 환하게 웃어주는 아이들의 밝음이었다.

장대현학교의 생활이 나에게 특별히 의미 있었던 것은 아침에 일어나는 순간부터 잠들기 전까지 아이들과 함께 한 공간에서 생활하기 때문이다. 아이들과 일거수일투족을 함께하는 것은 교사로서 나의 모습뿐 아니라 동시에 한 사람으로서 내 생활과 연약한 부분까지도 가감 없이 보여주는 시간들이다. 부족한 나를 보면서도 아이들이 "선생님" 하고 부르며 따라오는 것을 볼 때마다 오히려 내가 다듬어지는 것을 느낀다. 내가 되고 싶었던 선생님의 모습은 나 혼자, 스스로가 아니라 아이들과 함께 만들어가는 것임을 알게 되었다.

내가 지금 몸담고 있는 장대현학교는 함께하는 곳이다. 함께함으로 배려를 배우고 서로 이해하려고 노력하게 된다. 또한 이 나라, 이 민족을 사랑하는 마음을 알아가고 있다. 작은 통일인 장대현학교에서 우리들은 남과 북의 통일을 꿈꾸며 준비하고 있다.

자신의 가치를 발견하는 과정

지금도 그렇지만 중, 고등학교를 다니던 때에 나는 특별히 튀는 아이도 아니었고 나서지도 않는 학생이었다. 전교에서 손에 꼽힐 정도로 공부를 잘하는 학생도, 문제 행동을 일으키는 아이도 아니었다. 내가 나를 표현하기로, 나는 학급의 머릿수를 채우는 학생이었다. 이런 나에게도 특정한 영역에 대한 자부심이 있었다. 그것은 바로 내가 제일 좋아했던 과목인 화학이었다. 화학은 공부할 때마다 나를 둘러싸고 있는 입자의 세계가 신비하고 아름답다는 생각을 했고, 화학을 공부하면 할수록 알아가는 놀라운 미시적인 화학 반응이 참 흥미로웠다.

내가 재미있어하고 애착을 가졌던 것만큼 화학 시험을 볼 때면 늘 좋은 성적을 거두었다. 나를 으쓱하게 만든 것은 화학만큼은 내가 전교 1등이라는 것이었다. 전체 전교 1등을 하는 친구도 화학에서는 100점을 받지 못할 때 나는 혼자서 항상 화학 100점을 받았던 것이었다. 공동 1등이 아니라는 사실이 나를 더 우쭐하게 만들었던 것 같다. 잘 모르는 옆 반 아이들도 화학 문제를 들고, 내게 물어보러 오곤 했다. 나는 친구들 사이에서는 화학 전문가였다.

그 당시 우리 반에는 성적이나 공부에는 별 관심이 없는 학생들이 몇 명 있었다. 그런데 어느 날부터인지 그 아이들 중 한 명이 화학을 공부하다가 모르는 것이 있다며 나에게 물어오는 것이었다. 문제를 풀다가 모르는 것이 생기면 나를 찾는 횟수가 점점 늘어갔다. 그리고 기말고사를 치른 후 성적을 확인했을 때 나는 놀라고 당황스러운 기색을 감출 수 없었다. 나의 화학 시험 점수는 92점이었고, 나를 찾아오던 아이의 시험 점수는 100점이었던 것이다. 더 이상 내가 화학을 제일 잘하는 학생이 아니라는 절망감과 함께 그 아이에게 외치는 내 마음속 소리가 있었다. '너 갑자기 왜 그래? 왜 갑자기 공부하는 거야?'

어떤 선생님이 학년이 바뀌면서 첫 수업에 들어갈 때마다 학생들에게 해준 이야기를 들은 적이 있다. 이 선생님은 첫 수업마다 칠판에 '이 세상에서 가장 소중한 것은?'이라고 썼고 많은 아이들은 돈, 사랑, 건강, 가족, 권력 등 온갖 얘기를 내놓는다. 이때 선생님은 "다 필요하지요. 그런데 정작 필요한 것을 말하지 않았군요."라고 말하며 칠판에 다음과 같이 썼다. '나'라고. 아, 그렇구나. 내가 놓치고 있던 소중한 것, 그것은 나였다. 내가 선택한 책 『차라리 꿈꾸지 마라』는 꿈을 꾸지 말라는 책이 아니다.

이 책은 꿈꾸기 전에 먼저 자신에 대해 알아야 한다고 말한다. 꿈꾸기 전에 먼저 자신의 가치가 무엇인지를 발견하는 과정을 통해서 올바른 꿈을 가질 수 있고 행복하게 자신의 꿈을 이루어갈 수 있다고 얘기한다. 이 책은 지나친 목표와 꿈으로 지친 사람들, 성공과 돈을 좇느라 자신의 가치를 잃어버린 사람들에 대해서 말한다. 자존감을 잃고 자존심만 남아 고통으로 살아가는 사람들, 자신의 꿈을 찾기보다는 남의 꿈을 자신의 것으로 욕심내는 사람들에게 삶의 가치와 꿈을 찾도록 이끌고 행복을 꿈꾸라고 말하고 있다.

이 책은 '앎', '꿈', '삶', '말'의 4장으로 이루어져 있다. '앎'에서는 인생을 막 시작하거나, 다시 시작하기 전 꼭 알아야 할 것들, 가치 있는 것들이 무엇인지를 생각해보게 하고, '꿈'에서는 욕심이 아니라 진정한 가치를 이루는 꿈을 어떻게 세워야 하는지에 대한 이야기를 한다. '삶'은 균형과 조화를 이루는 멋지고 행복한 삶에 대한 이야기이며, '말'은 사람들의 자존감을 높이며 자원을 주는 말과 반대로 장애를 주는 말에 대한 이야기다.

'앎.' 아이들의 창의성을 키우기 위한 교육을 하려면 아이들이 중심이어야 한다. 아이들의 행복이 전제가 되어야 한다. 아이들의 행복이 빠진 교육은 그 본질을 잃은 가치 없는 교육으로 전락할 수밖에 없다. 행복을 위해 내가 가진 것을 보고, 현재에 충실하라고 말한다. 행복을 위해 가치 있는 삶을 살면서 행복하게 살아야 한다고 한다.

'꿈.' 드라마 주인공이 부러워 검사 꿈을 가진 아이, 위인전을 읽다가 의사 꿈을 가진 아이, 연설에 감동해 성공한 대표를 꿈꾸는 아이, 먼저 너 자신을 찾기 전에는 제발 꿈꾸지 마라. 꿈을 꾸는 일은 목표를 세우는 것보다 자신의 가치를 발견하는 일에서 시작하게 해야 한다. 먼저 아이들의 장점과 강점을 찾아주기 위해 즐거운 일을 하게 해야 한다. 그 일이 비록 마음에 들지 않더라도 시도해야 한다. 그렇게 자신을 발견하고 난 뒤에 꿈을 꾸게 해도 결코 늦지 않다고 이야기한다.

> 열심히 살아가는 내가 참 좋습니다.
> 넉넉한 미소가 있는 내가 참 좋습니다.
> 편안한 미래가 있는 내가 좋습니다.
> 그러나 무엇보다
> '나여서' 나는 내가 정말 좋습니다.
>
> 『차라리 꿈꾸지 마라』, p. 118, 공기택

'삶.' 아이가 꿈을 가지고 멋지게 성장하기를 바란다면, 아이에게 말할 것이 아니라 먼저 자신에게 이야기해야 한다. 행복은 일상에서 느끼는 편안함이고, 삶에서 느끼는 소소한 즐거움이다. 작은 시간들이 모여 인생이 되는 거라면, 작은 시간의 행복이 모여 행복한 인생을 만든다.

'말.' 아이들이 공부를 안 해서 못하는 걸가? 공부를 못해서 안 하는 걸가? 많은 사람들은 "공부를 안 하니까 못하는 것"이라고 한다. 아이가 입을 다물었다. 이유가 있다. 아이가 공부를 안 하는 이유가 있을 것이다. 아마 언제부턴가 공부를 못한다는 말을 들으면서 자신이 공부를 못한다고 느끼기 때문에 공부를 안 하는 아이도 있을 것이다.

나는 목적 없이 공부했었다. 공부를 못하면 부모님께 인정받지 못하고, 선생님들의 신뢰를 받지 못할 것 같아서 공부했다. 그때는 공부만 하면 된다고 생각했다. 학생은 당연히 공부해야 한다고 생각해서 공부했다. 그러다 갑자기 고등학교 2학년 때 선생님이 되고 싶어졌고 그때부터는 선생님이 되고 싶어서 공부했다. 그리고 대학교에 와서도 계속 공부했다. 그러다가 내가 왜 공부를 하는지 모른다는 사실을 알았다. 물론 교사를 꿈꾸고 있었기 때문에 공부하는 이유는 충분했다. 그런데 왜 교사를 꿈꾸는지, 나는 누구인지 혼란스럽기 시작했다. 청소년기에 자아정체감에 대한 고민을 하고 정체성을 알아간다지만, 나는 대학교에 와서야 자아정체감에 대한 고민에 빠졌다.

성공을 위해 목표를 세우라고 하는 것은 꿈을 가지라고 말하는 것과 같습니다. 꿈은 무조건 높아지고 돈 많이 벌고 잘되는 성공을 말하는 것이 아니고, 자신의 가치를 실현시키며 자신의 모습으로 열매 맺는 것입니다. 꽃씨가 자라서 꽃이 되고, 과실나무 묘목이 자라서 맛있는 열매를 맺는 것이 곧 꿈을 이루는 것입니다. 포도나무는 포도를 맺어야 하고, 복숭아나무는 복숭아를 맺어야 그 꿈을 이루는 것입니다. 그런데 꽃나무가 꽃이 아닌 거목이 되길 원하고, 복숭아나무가 포도를 맺기 원하며, 포도나무가 복숭아를 맺기 원한다면 그것은 꿈이 아니고, 욕심을 이루려는 것입니다.

『차라리 꿈꾸지 마라』, pp. 85~86, 공기택

나는 나의 가치를 아는 것이 필요했다. 다시 나를 일으킬 무언가가 필요했다. 다시금 비전을 찾고 학습 동기를 세울 수 있었던 계기는 바로 나의 가치를 알려고 하는 첫걸음에서 비롯되었다. 아주 오래전 읽은 책이지만, 이 책은 지금도 여전히 내 삶에 좋은 영향력을 주고 있다. 나는 이 책을 통해서 삶에 있어 큰 기준을 얻었다. 내가 만나는 모든 사람의 가치를 알아보는 것. 그 가치는 다 다를 수 있다는 것이다.

마지막으로 내가 가장 좋아하는 이야기로 글을 끝맺고자 한다.

'예쁜 나무를 정성을 다해 화분에 심었습니다. 일 년 동안 물을 주며 예쁜 꽃을 기대합니다. 노란 꽃, 빨간 꽃을 기대하며 영양분을 줍니다. 삼 년을 기다려도 꽃이 없자 불안해합니다. 알고 보니 그 나무, 잘 자란 향나무였습니다.'

08

"내 안에서 씨앗이 되고 싹이 튼다"

『꽃들에게 희망을』 (2000년)

지은이 트리나 폴러스
옮긴이 안애리
출판사 선영사

미술관 도슨트 **최세경**

대학에서 생물학과를 졸업하고, 백화점 명품관에서 근무하였습니다. 많은 사람을 만
난 서비스업의 경험이 미술관 도슨트 일을 시작하는 데 도움을 주었습니다.
현재 현대미술관에서 도슨트로 일하고 있습니다.

내 안에 있는 나

"선생님은 정말 대단하세요. 어린아이가 셋이나 있는데 전시 설명을 하러 나오시다니요. 열정이 넘치시는 것 같아요!"

도슨트 설명을 마치고 온 내게 교육지원 샘이 물었다.

"여기 나오니까, 집에 돌아가서 아이들 보고 웃을 수도 있고 더 즐거워요. 내게 이런 공간과 시간이 없다면 집안일에 오히려 지칠 거 같은데요."

대수롭지 않은 대답에 교육지원 샘이 고개를 끄덕인다. 미술관은 발을 들여놓는 것만으로도 행복의 시작이다. 나는 우리 지역의 '현대미술관'에 도슨트로 근무 중이다. 도슨트는 미술관에 있는 그림이나 작품들을 방문객이 이해하기 쉽도록 설명해주는 일을 하는 사람이다. 미술관의 전시관 1층은 얼마 전까지 <상상의 공식>을 전시하였는데, 지금은 철거를 하고 다음 전시를 준비 중이다. 2층 전시관은 <자연·생명·인간>이라는 주제로 전시되어 있고, 지하 1층은 <마음 현상>이 전시되어 있다.

내가 도슨트로 일한 지는 몇 년 되지 않았다. 그래도 미술관의 전시물을 설명할 때마다 묘한 재미를 느낀다. 매회 다르게 전시되는 작가들의 독특한 작품 세계를 이해하려고 노력하다 보면 그만큼 세상도 다양하고 풍요롭게 보인다. 나는 지금 파트타임으로 일을 하고 있다. 미술관에는 도슨트가 꼭 필요하다고 생각하기 때문에 열심히 일을 배우고 있는 중이다. 사람들이 미술관을 좋아하지 않는 이유는 전시물에 대한 이해나 소통이 부족하기 때문이다. 이때 옆에서 누군가가 친근하게 이야기를 곁들여주면 미술관의 전시물들은 그냥 장식물이 아니라 일상에서 지친 나를 정화시키고, 확장시켜 주는 신선한 매개체가 된다.

미술관에서 근무하는 일은 다양한 사람들의 만남이 이루어지는 작업이다. 같은 일을 하는 도슨트 선생님들은 서로 멘토가 되고, 마음의 친구가 되기도 한다. 이 일을 하면서 가장 큰 소득은 바로 그들과의 만남을 꼽을 수 있다. 인생 동반자들 중에서 새로운 몫을 차지하게 된 그들은 이제 내게 없어서는 안 될 소중한 사람들이다. 나이가 들어서도 함께 배우고 고민하며 돈독한 우정을 쌓아갈 수 있어서 큰 축복처럼 여겨진다. 그들과 함께한 공간을 뒤로하고 나오는 발걸음이 나를 행복하게 한다.

미술 관련 전공자도 아니었던 나는 지금 생각해보면 참으로 뜻밖의 길을 걷고 있다. 몇 년 전 아는 분이 지역에서 서양미술사 수업을 듣고 있는데, 함께 들을 생각이 있느냐고 제안을 해왔다. 처음에는 썩 내키지 않았지만, 나와 도슨트의 이미지가 잘 어울릴 것 같다는 그 사람의 말에 호기심으로 그 강좌를 신청하게 되었다. 나는 그림을 좋아하지만, 미술관은 그다지 좋아하지 않았다. 특별히 미술관에 갈 일도 없었고, 미술관의 전시물은 어렵고 난해해서 꼭 수학 문제를 푸는 것처럼 머리가 무거워졌기 때문이다. 하지만 그즈음 나는 세 아이를 키우면서 사회와 단절되었다는 생각에 답답하고 뭔가 돌파구를 찾아야 될 것 같은 조바심을 갖고 있었다. 어쩌면 우연히 건네준 지인의 말 한마디는 운명의 파동 같은 것이었다.

"선생님, 처음으로 수업을 듣게 되는 제가 이 수업을 들으면서 함께 공부해야 할 책은 뭔가요?"

"당연히 곰브리치를 봐야지……."

'곰브리치라니? 곰브리치가 뭐야?' 선생님은 내 눈빛의 당혹감을 알아차린 듯,

"곰브리치가 쓴 서양미술사 말이다."

라고 말씀하셨다. 저녁에는 본인이 곰브리치 미술사 수업을 하고 있으니, 수업을 들으면 된다고 했다. 그리고 책 몇 권을 추천해주셨는데, 미술 용어 관련 책도 한 권 구비하라고 했다. 왠지 무시당한 것 같아서 오기가 생기기 시작했다. 첫 수업에서 열심히 해 보이겠다는 열의가 생겼다. 학교 다닐 때 부모님께 책값을 받아도 일부러 제본을 뜨고 돈을 아꼈는데, 그 비싼 미술 서적을 몇 권씩 사서 읽었다. 현대미술은 어려워서 그림만 보는 것만으로도 만족했는데, 곰브

리치가 쓴 미술사는 재미있었다. 그가 자신의 손주를 위해 아이들도 쉽게 읽도록 기획된 글이어서 꽤 읽을 만했다. 다른 장르도 마찬가지겠지만, 특히 미술은 역사를 모르면 이해할 수가 없다. 미술은 인간의 움직임이기 때문이다.

낮에 듣는 도슨트 양성 과정이 현대미술에 대한 다양한 계보라면 저녁에 듣는 미술사는 인간의 발자취요, 예술의 수레바퀴 같은 이야기였다. 수업을 마치고 돌아오는 길은 항상 주변을 풍요로운 눈으로 볼 수 있게 했다. 그때처럼 재미있게 공부해본 적이 없었다. 누구와 경쟁하지 않고 오롯이 내 안에 있는 나와 마주하며 세상을 바라볼 수 있었다.

고치 속에 들어간 애벌레

얼마 전 오랜만에 서점을 찾았다. 그곳에서 반가운 책을 만났는데, 꼭 친한 옛 친구를 만난 것처럼 눈물이 날 뻔했다. 나는 십 대에 들어선 큰아이와 나 자신을 위해 그 책을 얼른 집어 들었다. 샛노란 표지, 큰 날갯짓을 하는 나비, 그것을 지켜보는 두 마리의 털북숭이 애벌레. 『꽃들에게 희망을』이라는 책이다. 이 책은 짧은 이야기 속에 두 마리의 애벌레가 삶을 개척해가는 모습을 상징적으로 잘 보여주고 있다.

줄무늬 애벌레는 다른 애벌레들처럼 애벌레들이 쌓은 탑 속으로 들어가 꼭대기에 오르고 싶어 한다. 하지만 노랑 애벌레는 원하는 것을 찾아다니다가 고치를 거쳐 나비가 된다. 줄무늬 애벌레는 온갖 고생을 다 하며 꼭대기에 올라갔지만, 꼭대기에 아무것도 없다는 것을 알게 되자 노랑 애벌레를 다시 찾아온다. 줄무늬 애벌레는 노랑 나비의 도움으로 고치를 거쳐 나비가 되는데, 두 마리의 애벌레는 함께 나비가 되어 날아다니게 된다는 이야기다.

청소년 시기에 행복은 성적순이 아니라고 해도 우리에게는 나름 경쟁 구도 속에서 발버둥을 치던 시절이 있었다. 그 시절 나는 헤르만 헤세의 『수레바퀴 아래서』를 읽고, 더 아래로 가라앉는 느낌이 들기도 했었다. 그 책에는 어른들의 큰 기대가 주인공을 얼마나 힘들게 하는지 잘 묘사되어 있었기 때문이다. 하지만 이 책은 내게 한 줌의 따뜻한 공간이었다. 털북숭이 애벌레의 그림은 따스한 둥지 같은 느낌으로 다가왔고, 답답할 때면 그냥 쓸쓸한 내 손의 안식처처럼 머물러주던 아이였다. 이 책은 '그래, 결정했어.' 하고 뭔가 길을 열어주거나 하지는 않았지만, 마음 한구석에 '내 자신에게 이르는 길은 뭘까?'라는 질문을 던지고는 했다.

애벌레는 느리고 여유롭게 움직이지만, 아무도 눈치채지 못할 정도로 게걸스럽고 빠르게 모든 잎사귀를 먹어치운다. 어쩌면 우리는 그 반대로 조바심 넘치게 바쁜 삶을 살고 있는 건 아닌지 모르겠다. 자신을 가득 채우고 고치 속의 애벌레가 되는 길은 뭘까? 그리고 과연 나비로 재탄생할 수 있을까? 그런 생각들이 꼬리에 꼬리를 물고 늘어지면 귓가에서 서태지의 노래 <환상 속의 그대>가 울려 퍼지는 듯했다.

『꽃들에게 희망을』, p. 25, 트리나 폴러스

"나를 잘 보아라, 나는 지금 고치를 만들고 있단다. 내가 마치 숨어 버리는 것 같이 보이지만 그것은 결코 도망가는 것이 아니란다. 변화가 일어나는 동안 잠시 머무는 휴게소나 같은 것이란다. 애벌레의 삶으로 결코 돌아갈 수 없는 것이니까 하나의 커다란 발전이야. 변화가 일어나는 동안 너나 나 또한 누구의 눈에도 변화가 없는 것처럼 보일지 모르겠지만, 이미 나비가 만들어지고 있는 것이란다."

『꽃들에게 희망을』, p. 68, 트리나 폴러스

책은 나를 유년 시절로 훅 끄집어 당긴다. 그때는 깨닫지 못한 것을 지금 깨닫게 해주기도 한다. 난 이제야 여유롭게 움직이며 내 주변의 모든 잎사귀들을 먹어치우는 게걸스러운 애벌레가 되었다. 애벌레들이 쌓아 올린 탑을 오르기 위해 짓밟히는 삶이 아니라 나 자신을 찾아가는 털북숭이 애벌레가 된 것이다. 청소년 시절에는 애벌레들의 모습을 보면서 머릿속으로 나만의 삶을 살아야 한다고 생각했다면 지금은 실행하게 되었다. 누군가의 삶에 영향을 미치는 사람이 된 것이다. 아이들에게 뭔지도 모르는 애벌레 탑을 쌓으러 가는 길이 아니라 세상에는 다양한 길이 있음을 제시해줄 수 있다. 아이들이 세상을 마주 보게 되었을 때, 애벌레 탑으로 들어갈지 말지를 선택해야 할 때, 자신만의 고치 속에서 자신과의 승부를 결정할 수 있도록 격려해줄 것이다.

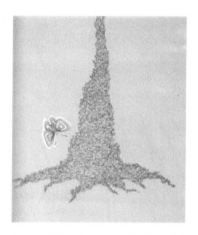

『꽃들에게 희망을』, p. 58, 트리나 폴러스

인생은 놀랍도록 빠른 전개를 보여주기도 한다. 공부를 시작하고 얼마 안 되어 우리 지역에 미술관이 개관한다는 소식이 들렸다. 이제 막 발을 들인 나에게 도슨트를 모집한다는 현대미술관 개관 소식은 먼 남의 나라의 이야기로 들렸다. 그런 내게 선생님은 한마디 툭 던져주셨다. "뭐든지 완벽하게 준비한 상태보 시작해야 된디고 생각하면 도전할 수 없다. 일단 일을 하면서 공부하면, 공부는 훨씬 그 가속도를 낼 수 있을 것이다." 그 말이 갑자기 내 뇌리를 훅 치고 들어와 아무것도 아닌 나를 이곳까지 오도록 만들었다. 인생이라는 것이 돌이켜 생각해보면 우연이라는 것이 있었던가, 실수라는 것이 있었던가 싶다. 내 주변의 모든 것들이 내 안에서 씨앗이 되고 싹이 된다.

우리 지역에서 열린 비엔날레(2년마다 열리는 국제 미술 행사) 전시회 때 나는 도슨트의 자격으로 참여하게 되었다. 나는 그 속에서 많은 사람과 여러 작품들, 다양한 세계를 만날 수 있었다. 더불어 도슨트로서 미술을 좀 더 깊이 있게 볼 수 있었고, 미술의 또 다른 세계에 눈을 뜰 수 있었다. 두 달 반 남짓, 거의 매일 출근하다시피 한 비엔날레 기간, 정말 많은 것을 배웠다. 미술계 전반의 흐름에 발을 살짝 담가봤다고 해야 할 것이다. 얼마나 많은 것을 조심하고 준비해야 하며 체득되어야 하는지 말이다.

미술 계통에 계시던 분들에게 전시 해설을 해주던 때 있었던 일이다. 1층 전시를 설명하고, 2층 전시 공간으로 이동하던 중 방문객으로부터 질문을 받게 되었다.

"지난 비엔날레보다 전시 작품이 많이 준 거 같은데 왜 그렇지요?"

"지난 비엔날레보다 질적으로 상향시키고 양적으로 줄인다는 방향으로 한다고 들었습니다."

내가 대답했다. 문제는 거기서 발생했다. 신문 기사에서 그렇게 보도가 되었지만, 그 질문을 한 사람은 지난 비엔날레 관련 담당자의 지인이었다. 그런 식의 비교법은 그분의 마음을 불편하게 하기에 충분했다. 싸늘해진 관람자의 반응과 2층과 지하 1층의 관람 태도는 내 전시 해설을 엉망으로 만들고 뒤엉키게 했다. 나는 긴장했고 두려웠다. 어떻게 시간이 흘러갔는지 모든 것이 아득했다. 아니나 다를까 전시 해설이 끝나고, 곧 전시 감독의 호출이 있었다. 나는 전후의 사정을 모두 얘기하며 간신히 이해받을 수 있었다. 그 일을 통해서 비교되는 말은 조심해야 하고, 가치를 함부로 논해서는 안 된다는 것을 배웠다. 그분과의 인연은 그것으로 끝난 것은 아니다. 언제나 선의를 저버리지 않고, 길을 잃지 않는 것이 나를 부끄럽지 않고 당당하게 맞서게 한다.

짧은 기간 동안은 내 인생의 대격변기라 부를 만하다. 마치 게걸스럽게 잎사귀를 먹던 애벌레가 이제는 아무것도 먹지 않고 고치 속에 들어가 자기 안의 대격변기를 겪는 것처럼 말이다. 인생은 나의 태도나 마음가짐에 따라 내게 많은 것을 주기도 하고, 때로는 아무것도 주지 않을 것 같을 때도 있다. 나이 든 어른들이 하는 꼰대 같은 말을 하려는 것이 아니다. 나는 어쩌면 아주 늦게 고치 속에 들어간 애벌레일 수 있다. 나비가 되기 위하여 지금은 공부하는 중이다. 안 되면 그냥 한번 버텨보고 싶다. 조급해하지 말고.

"자연과 하나가 되는 일"

『내 안에서 찾은 자유』 (2017년)

원 저 장 자
지은이 뤄룽즈
옮긴이 정유희
출판사 생각정거장

축산업가 여태문

30여 년 만에 친구한테서 전화가 왔습니다. 작가가 되어 나타난 여자 친구는 함께 글을 써보자고 제안했지요. 처음에는 망설였지만, 멋진 일이 될 것 같아서 함께 하기로 했습니다. 대학에서 축산학과를 전공하고, 관련 회사에 입사해서 선진 기술을 배웠습니다. 현재는 양돈 농장을 운영하며 자연 속에 살고 있습니다.

나는 자연의 일부다

세상에는 꼭 필요하지만 필요성을 인식하지 못하고 살아가는 게 많이 있다. 공기, 숲, 환경문제 특히나 미세먼지로 고통받는 요즈음이다. 축산업도 농촌을 지탱하는 든든한 버팀목인데, 환경문제만 나오면 단골로 환경오염의 주범으로 인식되곤 한다. 소의 되새김질로 나오는 메탄가스, 돼지의 암모니아가스, 축산 폐수의 유출 등등. 누구나 몰고 다니는 차량에서 내뿜는 매연에는 관대하면서 국민의 주된 단백질 공급원이면서 맛있는 먹거리를 제공하는 축산업에 대한 인식은 그렇게 긍정적이지 못한 게 현실이다.

내 고향은 시골이다. 초등학교 시절 나는 집에서 키우던 커다란 소를 몰고 1킬로미터 이상 떨어진 곳에 풀을 먹이러 가기도 했고, 짚단 등을 넣은 소죽을 끓여 먹이기도 했다. 지금 봐도 소의 덩치는 큰 편인데, 그 어린 나이에 겁도 없이 소를 몰고 다니며 소 등에 올라타기도 했었다. 시골에서 농사짓는 집은 집집마다 일소 한 마리씩은 키우던 시절이어서 일인 줄도 모르고 당연하게 했다.

그 당시 소나 돼지와 닭은 말 그대로 가축이었다. 닭이 계란을 낳으면 부모님 몰래 동네 구판장(가게)에 가져가 '뽀빠이'와 바꿔 먹었던 추억은 나와 동시대의 유년기를 보낸 사람들에겐 멋진 추억의 한 장면이리라 생각한다. 나무뿌리를 산삼 뿌리라고 캐 먹고는 병원 신세를 지기도 했다. 단감을 먹고 싶은데 다 익었는지 알 수가 없으니까 단감나무에 올라가 잘 익어 보이는 놈을 한 입 베어 물었다. 베어물고 달면 따 먹고 떫으면 따지 않고 그대로 익을 때까지 뒀다가 따먹곤 했다. 그래서 우리 집 단감은 내 이빨 자국에 성한 게 없었다. 어떻게 보면 참 개구쟁이였는지도 모른다.

그렇게 여느 시골 어린이와 마찬가지 생활을 하던 내게 큰 변화가 생겼다. 초등학교 5학년 봄에 친구들과 방과 후에 남아서 청소를 하는데, 선생님이 전학을 가야 한다고 하면서 일찍 집에 가라고 했다. 하기 싫은 청소를 안 하고 학교를 나서니 얼마나 기분이 좋았는지 모른다. 전학의 개념도 모른 채 친구들에게 인사도 제대로 안 하고 도시로 전학을 나오게 되었다.

자연 속에서 살다가 하루아침에 다른 환경에 놓이게 되었지만, 학교생활은 큰 어려움이 없었다. 그래도 고향에 대한 그리움은 계속 가슴속에 남아 있었다. 중학교 2학년 때에는 추석에 시골집에 갔다가 친구들과 노느라 막차를 놓치는 일이 발생했다. 다음 날 등교를 해야 하는데 애를 태우다가 아버지께 전화를 걸어 말씀드렸다.

"아버지, 아침 첫차 타고 나갈게요."

"지각하면 안 된다. 수단과 방법을 가리지 말고 나오너라."

당시에는 교통편이 원활하지 않아 버스가 끊기면 달리 이동할 방법이 없었다. 아버지 말씀은 곧 법이라 생각하였기에 고향집에서 새벽 3시에 출발했다. 사람이 없는 18킬로미터의 길을 혼자 무서움과 싸우며 걸어서 기차역에 도착하니, 6시 30분이었다. 간신히 기차를 타고 학교에 지각하지 않고 등교할 수 있었다. 두려움과 무서운 어둠 속에서 보름달 빛만 의지한 채 3시간 30분을 걸었는데, '나 또한 자연의 일부다.'라는 생각을 하지 않았다면 그 길을 걷지 못했을 것이다.

고등학교 2학년 때에는 혼자 배낭을 메고 고향 뒷산에 등산해서 1박을 한 적도 있다. 뒷산이라고 해도 1,100미터(동네에서 걸어서 3시간 거리)가 넘는 산인데, 정상에 다다르니 마땅히 텐트를 칠 곳이 없었다. 그 높은 곳에 묘지가 하나 있었는데, 평평하게 손을 볼 필요도 없이 텐트를 치기에 좋은 장소였다. 묘지가 옆에 있으면 일반적으로 두려움을 느끼는데 참으로 편하게 꿀잠을 잤다. 이때도 '나는 자연의 일부다.'라는 생각으로 자연과 하나가 되었던 것 같다. 모든 것은 마음먹기 나름이다. 두려움에 묶였다면 밤새 잠 못 이루는 밤이 되었을 것이다. 이 시기에 장자를 만나게 되었다.

자연을 즐기자

장자는 2300~2400년 전 중국 송나라에서 태어난 도가의 사상가이다. 맹자와 동시대에 노자를 계승해 노장사상이라고 한다. 우리가 잘 알고 있는 공자는 최고의 덕을 인이라고 보았으며, 권력을 가진 자들을 위해 평민의 삶을 권력자의 입장에서 강조했다. 장자는 권력자의 지위에서 몰락했던 사상가들이 그 권력욕을 이루지 못하고 주류에서 배제된 삶을 체념이나 순리로 받아들이면서 권력이 허무한 거품에 불과하다는 것을 깨달은 사상가였다. 즉 권력욕을 버리고 자연 속에 묻혀 지내면서 속세를 초탈하여 자연의 법칙에 따라 사는 것을 추구한 사상이다.

장자의 사상 중 유명한 '나비와 장주'의 예화는 성공과 출세를 위해 공부했던 학창 시절, '진정 자유로운 삶이란 무엇인가' 고민을 하기에 충분했다. 어느 날 장자가 꿈을 꾸었다. 그런데 스스로 나비가 되어 이 꽃 저 꽃을 다니며 놀다가 자신이 장자라는 사실도 잊고 말았다. 꿈에서 깨어난 장자는 과연 장자가 꿈속에서 자신이 나비로 변한 것을 보았는가? 아니면 나비가 꿈을 꾸면서 스스로 장자로 변한 것을 보았는가? 반문하게 된다.

이 말은 자신이 인간으로서 꿈을 꾸다가 나비로 둔갑했는지 아니면 원래 나비였던 자신이 인간 장자로 변한 것인지 알 수 없다는 뜻이다. 나비가 장자고, 장자가 나비이며 장자가 꾼 꿈이 나비 꿈인지 나비가 꾼 꿈이 장자인지 결국 나비와 장자는 하나가 되어 구분이 되지 않는 상황이 된다. 이것을 물화(物化)의 경지라 부른다. 그런데

이 물화 이후의 장자는 자연과 한 몸이 되며 무소부재(無所不在)의 정신이 된다. 조물주와 함께 거닐다가 현실(세속)에 돌아오기도 하고 이리저리 흘러 다니면서 풍운조화(風雲造化)를 일으키기도 한다. 그런 그에게 인간세계의 영고성쇠(榮枯盛衰)가 무슨 의미가 있을까? 출세를 하면 무엇 하며 권력을 잡으면 무엇 하며 부자가 된들 무슨 소용이 있을까?

물고기는 물속에서만 살아갈 수 있지만, 사람은 물속에만 있으면 죽고 만다. 왜냐하면 이 세상 모든 것들은 타고난 능력과 바탕이 서로 다르기 때문이다. 사람들 사이에서도 각자의 재능과 소질이 서로 다르다. 공부에 소질이 있는 사람도 있고, 예술에 소질이 있는 사람, 운동에 소질이 있는 사람도 있다. 그 타고난 소질에 맞춰 살다 보면 그 능력을 충분히 발휘하게 된다. 장자는 인간이 자기 소질과 능력에 따라 분수를 지켜나갈 때 진정 평안하고 자유로울 수 있다고 말한다.

자연과 하나 되는 삶이라는 게 추상적인 뜬구름 잡는 얘기일 수 있다. 현시대는 농경사회가 아니기 때문이다. 그렇지만 농업을 직업으로 택하면 자연과 더불어 자연과 좀 더 하나 되어 살 수 있다. 사람이 살아가는 데 필요한 먹거리는 자연에서 나오기 때문에 세월이 흘러도 농업은 존재할 수밖에 없다.

장자의 사상에 빠져 자연 속에 살아가고자 하는 삶을 꿈꾸기 위해서는 농업을 전공해야 한다고 생각했다. 농업 중에도 다양한 분야가 있다. 그만큼 많은 작물을 재배할 수 있다. 나는 축산학과를 선택했다. '저 푸른 초원 위에 그림 같은 집을 짓고 한 백 년 살고 싶다'는 노랫말처럼 그런 삶을 살고 싶었다. 장자는 끼니를 때우지 못할 정도로 너무나 가난하게 살았지만, 현대를 살아가면서 가난하게 살 수는 없는 일이다. 농촌에서 최고의 부농은 축산을 하는 것이라 생각했다.

군대를 제대하고 꿈꾸었던 이상은 현실의 한계 앞에 멈춰 섰다. 학교에서 배운 학문적 지식만으로 자본력과 기술력 없이 축산 현장으로 뛰어들 수는 없는 일이었다. 대학 3년을 마치고 새로운 길을 모색해보자는 생각에 일본 어학연수를 떠났다. 요즈음은 해외연수가 일반화되어 있지만, 1990년대 초에는 쉬운 일이 아니었다. 연수를 마치면 일본 대학에 편입해 학위를 따고 앞선 축산을 배울 생각이었다. 낮에는 학교를 다니고 밤에는 아르바이트를 하면서 학비를 벌고 공부를 할 생각이었다. 그게 얼마나 어려운 일인지 현실을 너무 몰랐었다. 공부에만 매달려도 따라가기 힘든 학교 공부를 알바까지 해가면서 하기는 정말 어려웠다. 부모님의 경제적 도움을 못 받고, 어려운 가정 형편에 알바까지 하면서 학교를 다니는 학생들은 정말 존경받아야 한다.

일본에 있으면서 생일날 아침 미역국을 끓여 아침을 먹고 학교에 가려고 밥솥을 열었는데, 며칠 전 해놓은 밥에 곰팡이가 피어 있었다. 밥을 먹을 수 없어 미역국만 먹는데, 눈물이 미역국에 자꾸 떨어져 짠 미역국이 되어 버렸다. 그때의 눈물 젖은 미역국이 지금까지 인생을 살아오면서 그 어떤 어려움도 이겨낼 수 있는 커다란 원동력이 되었다.

결국 더 이상의 어학연수는 의미가 없었다. 1년의 유학 생활을 마치고 복학을 했는데 취직을 준비할 시간이 1년밖에 남지 않았다. 힘든 유학 생활의 경험으로 열심히 공부했다. 자연과 함께하는 삶은 아무런 준비 없이는 실패하기 십상이었다. 축산전문회사 양돈 분야로 입사했다. 현장에서의 체계적인 시스템과 기술을 익히고 배우는 것이 중요했다. 축산은 단순히 키우는 일이 전부가 아니다. 육성, 수정, 임신, 분만, 육성의 과정을 거쳐야만 시장에 출하할 수 있다. 부모가 아기를 키우는 것과 똑같은 과정을 거쳐야만 한다. 세심한 애정과 관리 없이는 좋은 결과를 만들어낼 수 없다. 사양기술은 축산전문회사에서 근무하면서 다양한 경험과 경력을 쌓는 게 무척 중요하다. 그런 기술력 없이 자기 농사를 짓는다고 덤비는 것은 맨땅에 헤딩하는 것과 똑같다.

양돈은 자본력이 있어야만 시작할 수 있는 산업이다. 토지와 사육 시설, 돼지도 입식해야 하고 사료도 급여해야 한다. 직장 생활은 노동력을 제공하고 돈을 받지만, 양돈은 가축을 잘 키워 시장에 출하해야만 수입이 발생한다. 토지와 사육시설이 다 갖춰졌다고 해도 1년 정도의 사육 과정을 거쳐야만 시장에 출하할 수 있다. 자본력이 없으면 엄두도 못 내는 산업이지만, 정부 지원 사업 및 금융권과 사료 회사 등의 도움을 받으면 시작할 수 있다.

가축은 최상의 사육 환경을 제공하면 최고의 품질로써 주인에게 수익을 가져다준다. 물론 농산물 시세는 시장경제가 결정한다. 수요와 공급에 따라 가격 편차도 심하다. 하지만 생산성을 올리고 최고의 품질을 만들어내면 시장에서 우수성을 인정받아 높은 가격을 받을 수 있다. 양돈은 오늘 노력한 결과가 1년 후에 나타난다. 즉 오늘 상황이 안 좋다고 체념하고 손 놓고 있으면 1년 후에는 반드시 후회하게 된다. 질병의 위험성도 있다. 철저한 방역관리로 질병 발생을 막는 노력을 해야 한다. 이런 노력과 관리를 잘 한다면 농업에 종사하면서 만족할 만한 수입을 올릴 수 있는 것이다.

자연 속에 묻혀 자연과 더불어 장자 같은 삶을 살아가는 게 꿈이지만, 여유롭지 못하고 충분한 수입이 없다면, 이것은 자연을 즐기지 못하는 삶이 된다. 양돈은 오늘 꼭 해야 할 일은 내일로 미루면 안 된다. 언젠가는 해야 할 일이기 때문에 부지런해야 한다. 그렇다고 일만 하면서 자연을 즐길 수 없다면 자연과 살아가는 삶이 아니라 일의 노예가 되는 것이다.

자연에서만 할 수 있는 게 여럿 있겠지만, 나는 이곳에서는 패러글라이딩을 하고 있다. 패러글라이딩은 자연을 거슬러서 할 수 없고, 자연을 받아들이고 자연과 하나가 되어야만 할 수 있는 레포츠이다. 하늘을 날다 보면 그 높이에 따라서 보이는 세상이 달라 보인다. 낮게 날면 낮은 대로 높게 날면 높은 대로 계절 따라 기상 따라 각각의 상황마다 다른 세상을 보여 준다. 아니 상황은 그러한데 내가 다르게 보는 것일지도 모른다. 그 모든 상황에 옳고 그름을 매길 수는 없다. 그것은 다 자연이기 때문이다.

오늘도 나는 자연 속에서 일하고 자연 속에서 숨 쉰다. 농촌에서의 삶과 직업은 자연이고 삶이다. 장자가 곧 나비이듯 나도 나비이다.

10

"책이 징검다리가 되어"

『왜 주인공은 모두 길을 떠날까』
(2014년)

지은이 신동흔
출판사 샘터

독서지도사 허경아

국문학을 전공하고, 20여 년간 지역의 어린이와 청소년들에게 독서지도를 하고 있습니다. 책이라는 사각 프레임에 갇힌 수업보다 가끔 영화도 보고, 지역사회도 탐방하면서 아이들과 SNS로 소통하며 독서 수업을 보다 풍부하게 하려고 노력합니다. 간식을 먹으며 아이들의 고민도 들어주고 저의 고민도 들려주는 것을 좋아합니다.

나만의 독서 통합 교육

나는 20년 가까이 독서지도사로 활동하고 있다. 1996년 겨울, 신시가지 첫 입주민으로 내 집 마련의 단꿈을 이루었다. 그 당시 교육열이 뜨거웠던 독서 열풍이 불면서 아이가 있는 집집마다 거실 책장에 전집을 꽂아두는 게 은근히 유행이었다. 하지만 남편 혼자 외벌이로 생활을 하는 우리 집 사정으로 고액의 전집을 마련하는 것은 무리였다. 보름에 한 번, 아파트 단지로 들어오는 새마을문고 버스에서 무료로 빌려주는 단권의 책들이 아이들에게 해줄 수 있는 최선의 방법이었다.

드디어 둘째 아이를 유치원에 보내고, 경력 단절에서 벗어날 수 있는 방법을 찾던 중 때마침 지역의 백화점 문화센터에서 독서, 글쓰기 지도사 과정이 개설되었다는 소식을 접했다. 나는 그곳에서 독서지도를 위한 이론적 기초부터 시작해서 글쓰기와 독서 후 표현 활동 등을 배웠다. 어린 시절 책벌레였던 나는 초중고 교내 백일장 대회에서 수상하고, 고교 때는 교내 문예부장을 맡았기에 공부는 무척 재미있었다. 하지만 의욕과 달리 1년 동안 취업의 길이 묘연했다.

"그럼, 준섭이 엄마가 글쓰기 가르치면 되겠네!"

　그러던 어느 날, 아파트의 또래 아이들 엄마랑 차를 마시던 중 독서와 글쓰기 지도사 과정을 공부했다는 내 이야기에 그녀가 품앗이 교육을 제안했다. 평소 아이들 교육에 남다른 열정을 보여주던 그녀는 수학을, 나는 독서 수업으로 품앗이를 하게 된 것이다. 처음에는 저학년 아이들에게 그림이 풍부하고 쉬운 책부터 읽어주며 아이들의 흥미를 높이는 데 주력했다. 그중에서 권정생 작가의 '강아지 똥'으로 수업을 했던 것이 가장 기억에 남는다. "좋은 동화 한 권은 백 번 설교보다 낫다."라는 선생님의 말씀은 지금도 인상적이다.

독서 수업을 시작한 지 석 달도 채 못 되어 열심히 가르치는 것을 본 그녀가 입소문을 내며 주위 사람들이 아이들을 가르쳐달라고 부탁하기 시작했다. 덕분에 즐거운 마음으로 여러 아이들을 가르치며 노하우를 쌓을 수 있었다. 2002년 초창기에 삭막했던 신시가지도 가로수와 아파트 단지 내 수풀이 무성하게 자라 현장 체험 수업이 가능해졌다. 나는 아이들에게 들꽃에 관한 책을 읽히고, 직접 토끼풀도 채취해서 그리게 했다. 또 토끼풀 더미 아래 사는 곤충들의 관찰문도 적게 했다. 그리고 틈틈이 교육기관에서 개설한 자연교육지도자 양성 과정에 등록해 공부를 계속했다.

열정의 시간이었다. 처음에는 초등학생들이 많다 보니 독서, 글쓰기 수업 70%와 오감으로 체험하는 수업에 30% 정도 주력했다. 핫케이크를 만드는 요리 수업을 통해 달걀을 깨뜨리다 바닥에 흘린 실수도 글로 써보게 했다. 요리 과정을 만화로 그리고, 북극곰에 관한 TV 다큐멘터리를 비디오 녹화를 해서 생태계에 대한 지평을 넓혀주기도 했다. 동짓날 절기 수업에는 간식으로 팥죽과 동치미를 제공했다. 나만의 독서 통합 교육이었다. 아이들의 방문 교사가 그런 나를 눈여겨보았는지 학부모를 소개해줄 때 보람과 성취감도 느꼈다.

독서지도사로서 첫발을 디딘 선생님들이 조언을 부탁할 때가 있다. 나는 조심스럽게 민지 수업 중의 주의 사항으로 지나치게 글쓰기의 완성도를 좇지 말아야 한다는 점을 든다. 아이가 수업 환경에 적응하기도 전, 독서의 즐거움을 알기도 전에 선생님의 과도한 의욕으로 독서 수업에 흥미를 잃을 수도 있기 때문이다. 다음으로 '단호함과 유연함을 함께 보여주어야 한다.'고 말한다. 그 사이에서 균형을 잡는 것의 어려움과 탄력적인 자세를 권해드린다. 나는 첨삭지도를 할 때, 선생님의 빨간색이 아이가 쓴 글보다 많거나 돋보이는 첨삭지도는 하지 않는 것이 좋다고 조언한다. 그런 첨삭은 이미 첨삭지도를 상실한 것이라고 생각하기 때문이다.

독서지도사로 지내면서 유독 마음에 아프게 남는 학생이 있다. 그 당시 초등 3학년 남학생이었는데, 한 학년 정도 수준이 떨어졌다. 그래서 항상 내 오른쪽에 앉혀서 글씨부터 문장부호 표기 하나하나 야무지게 가르쳤다. 어느 날 스승의날이라고 아이가 선물을 주고 갔다. 수업 후 작은 카드에 적힌 아이의 편지글 마지막에 선생님께서 칭찬을 해주셨으면 좋겠다는 내용에 나는 바위에 부딪힌 것처럼 꼼짝할 수가 없었다. 처음으로 독서지도사로서 내 자신을 돌아보고 깊이 반성하는 계기가 되었다. 그 후 아이들의 단점보다 장점을 찾아 '오늘 특히 잘한 점 칭찬하기'와 같은 방법으로 아이들에게 자신감을 북돋아주었다. 칭찬은 고래도 춤추게 한다고 하지 않았는가.

책 속에 길이 있다

초등학교 6학년 때 담임선생님이 교실 게시판에 붙여놓은 스케치북에 한 달에 하나씩 격언을 쓰라고 하셨다. 나는 얼떨결에 받은 스케치북을 골똘히 쳐다보다 마음속에 저장되어 있었던 것처럼 또박또박 '책 속에 길이 있다.'라고 썼다. 수많은 격언 중에서 유독 이 격언이 왜 떠올랐을까. 지금 생각해보니 유난히 책을 좋아했던 나는 어렴풋이 나의 미래를 적어놓았던 것이다.

나는 어릴 때 아버지 영향을 많이 받았다. 일곱 살 무렵, 사촌들과 온 동네를 뛰어다니며 놀던 어린 딸의 흙 묻은 손을 세숫대야에 물을 받아와서 가만가만 씻어주던 젊은 날의 아버지가 떠오른다. 아버지는 8칸 깍두기공책에 기역, 니은, 디귿…… 한글 자모부터 하나하나 깨우쳐주셨다. 첫딸이어서 그랬을까, 아버지는 나의 성장 환경에서 특히 책을 가까이할 수 있는 디딤돌을 만들어주셨다.

그러나 그 당시는 책이 귀했다. 어린 내가 한글을 깨우치고, 재미 없는 신문 대신 가장 먼저 접한 책은 만화책이었다. 동네 만화방에서 '라면땅' 한 봉지와 만화책을 읽은 재미는 그 무엇과도 비교할 수가 없다. 초등학교도 가지 않은 어린아이가 한글을 깨치고 만화책을 보러 오는 것이 귀엽다고 만화방 주인아주머니는 부끄러울 정도로 칭찬 세례를 해주셨다. 노란 불빛의 따뜻한 만화방 분위기와 만화책 속의 등장인물들이 지금도 새록새록 떠오른다.

유년의 추억 속 제삿날을 생각하면 떠오르는 속담 하나가 있다. '제사보다 젯밥'이라는 속담이다. 큰집에 가면 큰방에 사촌들과 가로 세로로 누워 듣는 할머니의 옛이야기는 '젯밥'보다 더 좋았다. 할머니는 부스럭거리는 우리들을 재우기 위해서 이야기보따리를 풀어놓곤 하셨다. "옛날 옛날에……."로 시작하는 이야기는 호랑이가 아닌 '호랭이'로 고양이가 아닌 '고냉이'로 나무가 아닌 '낭게'로 구수한 경상도 사투리가 정겹게 우리들을 옛이야기 속으로 이끌었다. 사실은 같은 이야기의 반복이어서 우리들이 추임새를 넣거나 아는 척을 해서 김이 샐 법도 한데, 할머니는 그런 우리들의 요구를 적당히 수용하면서 이야기를 엮어 나가셨다.

"할매, 그 고양이는 우리 살찐이처럼 생겼나?"

"어데? 온몸에 검은 얼룩이 있었데라……."

독실한 불교 신자였던 할머니는 항상 불경을 가까이하셨고, 앉으면 책을 읽는 어린 손녀를 칭찬하셨다. 할머니가 챙겨주시던 고소한 누룽지를 먹으며 그 시절 책을 읽던 습관은 내 인생의 자양분이 되었다.

초등학교에 입학하고 나서 교실 책장에 비치되어 있던 '어깨동무'라는 월간 잡지는 나에게 신세계를 열어주었다. 어깨동무는 창작 연재만화, 읽을거리와 상식, 독자들의 투고로 구성되었는데, 무엇보다 인기 있는 만화나 동화만을 실은 별책 부록이 아이들에게 최고 인기였다. 그렇게 만화에서 잡지, 어린이 신문을 섭렵하며 나는 점점 책벌레가 되었다. 특히 아버지가 양복점을 하시던 이웃의 친구 집에 놀러 갔을 때 접한 계몽사의 그림세계명작은 만화가 주지 못한 풍부한 색감과 그림이 인상적이었다. 이국적인 내용에 상상력이 콩나물처럼 무럭무럭 자라나는 느낌이 들었다.

그림책의 그림은 또 다른 언어였다. 밤이면 잠자리에 들어도 낮에 본 그림 속을 훨훨 날아다니며 행복하게 잠이 들곤 했다. 특히 계몽사에서 나온 세련된 양장본의 소년소녀 세계명작문고 50권은 놀러 갈 때마다 조금씩 읽었는데, 처음으로 전집을 갖고 싶다는 떡잎 같은 소망이 파릇파릇 마음속에 돋았다.

독서지도사로 활동하면서 가장 의미가 있는 날은 '마지막 수업'이다. 대부분 고등학교 진학을 앞두고 중3 겨울방학 때 독서 수업이 마무리된다. 수업이 끝날 즈음 통과의례처럼 아이에게 묻는다.

"지금까지 수업하면서 가장 기억에 남는 책이 무엇이니?"

아이들은 고개를 갸우뚱거리거나 천장을 한참 쳐다보다가 마음속에 영원히 저장될 한 권의 책을 이야기한다. 특히 한 남학생이 '주홍글씨'였다고 했을 때, 서로 교감한 수업의 보람을 느꼈다. 나는 늦은 밤 아이들이 쓴 글을 첨삭하면서 따뜻한 차 한잔의 여유와 더불어 2천 권이 넘게 꽂힌 책들을 둘러보기도 한다. 지금도 스무 살 때 처음 산, 삼성출판사의 한국문학 24권이 빨간색 양장본의 위용을 과시하며 방 한편에 개선장군처럼 꽂혀 있다. 30년을 넘게 '역사가 기록하지 못한 사람들의 이야기'와 함께 인생이란 길을 잘 걸어온 것이다.

몇 년 전 건강에 적신호가 왔다. 오랜 시간 독서지도사로 활동하면서 밤늦은 식사와 빨리 먹는 식습관으로 위장병이 생겼는데, 도무지 낫지 않았다. 결국 꾸준하게 운동을 하면서 쉴 수밖에 없었다. 6개월 정도 지나고 어느 정도 회복이 되었을 때, 지역 대학의 평생교육원에서 문학 수업을 들었다. 그 일을 계기로 어느 기업에서 지원한 '지역아동센터 종사자 인문학 독서소통 캠프'에서 독서 멘토로 참여하게 되었다. 그때 만난 책이 '왜 주인공은 모두 길을 떠날까?'였다.

'길 앞에 선 그대에게'로 시작하는 이 책은 동서양 옛날이야기 속 주인공들의 '길 떠남'을 다룬다. 두 주인공 백설 공주와 바리데기는 천애의 고아처럼 버려졌다. 하지만 '숲'이라는 세상을 향해 움직이고, 긍정적인 태도로 길 위에서 만난 이들의 도움을 받아 마침내 자신을 일으켜 세운다. 결혼과 육아를 하느라 내 꿈을 펼치지 못하면서도 꾸준히 독서와 습작을 병행하던 내 모습이 떠올랐다. 당시 지역 문학 모임은 독서지도사라는 직업을 얻는 데 실마리가 되어 주었다.

책 속의 또 다른 두 주인공인 콩쥐와 신데렐라는 '일하는' 인물이라는 소개가 신선하다. 방에 머물러 있는 인물이 아니라 움직이는 인물이다. 계모가 무서워 웅크리고 있는 것이 아니라, 바깥세상으로 나아갔기 때문에 자신의 숨은 가치를 확인할 수 있었다는 해석은 정금(正金) 같은 이야기다. 젊은이에게 '부모'라는 집에 머무르지 말고, 길을 떠나라는 작가의 메시지다.

> 어느 날 갑자기 거친 숲에 던져진다면?
> 옛이야기의 주인공은 말합니다.
> 있는 힘을 다해 달리고 또 달리라고.
> 주저앉지 말고 길을 찾아 움직이라고.
> 이리저리 재고 눈치 보느라 쩔쩔매지 말고
> 자기 자신을 믿고 나아가라고.
> 그렇게 숲의 힘을 자기편으로 만들라고.
>
> 『왜 주인공은 모두 길을 떠날까』, p. 51, 신동흔

한 가정의 주부로 육아를 하며 독서지도사로 활동을 하는 것은 어떨 땐 삼중고를 겪는 어려움이 있었다. 특히 아이들이 사춘기를 겪

을 때는 많이 힘들었다. 하지만 책을 항상 곁에 두고 있어서 힘든 일을 겪을 때 선택과 집중을 할 수 있는 힘이 생겼고, 잘 헤쳐 나왔다.

이 책은 독서지도사라는 프레임에 갇힐 수 있는 나에게 더 큰 가능성을 열어주었다. 대학교 상담센터에서 책으로 자아 강화 강의를 한 일도 기억에 남는다. 또한 시낭송을 배워 아이들을 '시 한 편의 낭송가'로 이끌어주기도 한다. 넓은 세상에서 독서지도사로 수업하려면 온라인이나 오프라인으로 배울 것도 많다. 특히 생생한 세계사 수업을 위해 수업 일정을 조율해서 떠나는 외국 여행은 취미이자 휴식이 되기도 했다.

초등학교 시절, 스케치북에 썼던 격언을 떠올리면 '나도 책 속의 주인공들처럼 길을 떠났구나.'라는 생각을 하게 된다. 분명 책 속에는 길이 있었다. 내가 읽은 책들을 징검다리처럼 한 권 한 권 밟고 갔더니, 마침내 독서지도사가 되었다. 책 속 주인공들이 진로라는 넓은 의미의 길에서 어떤 선택과 경험을 하는지 아이들과 이야기를 나누기도 한다. 나는 아이들의 자아 탐색을 도와주는 독서지도사가 되기 위해 오늘도 또 다른 길을 향해 떠날 준비를 꿈꾼다.

11

"꿈이 있는 자는 흔들리지 않는다"

『바보 빅터』(2011년)

지은이 호아킴 데 포사다
출판사 한국경제신문

초등학교 교장 안승렬

교육대학 졸업 후에 선생님이 되었습니다. 대학에 편입해서 법학을 전공하고 대학원에서 석사, 박사 학위를 받았습니다. 장학사, 초등학교 교장을 지내고, 대학교에서 겸임교수와 여러 대학에서 강사로 지냈습니다. 현재 한암 진로 연구소 소장으로 일하고 있습니다.

저서 『진로와 직업』에 대표 저자로, 『현대사회와 평생교육』, 『평생교육방법론』, 『학부모교육의 이론과 실제』에 공저로 책을 냈습니다.

검정고시생이 교육학 박사가 되기까지

1970년대 서울 경복궁 옆 청운중학교 교정의 봄은 눈부시게 아름다웠다. 교정 조회대 앞에는 그 무리를 짐작하기 어려운 사람들이 벽을 바라보고 탄식과 환호를 지르고 있었다. 어떤 이는 두 손을 높게 치켜올리는가 하면, 어떤 이들은 고개를 떨군 채로 운동장을 걸어 나가고 있었다. 웅성거리는 군중 속에 한 청년이 벽을 뚫어져라 쳐다보고 찾아도 자신의 이름을 발견할 수 없었다.

제1회 서울특별시 중학교 졸업 자격 검정고시 합격자 발표장이었다. 믿기지 않는 현실을 받아들이기가 너무 어려웠다. 한 해 동안 이 순간을 위해 달려왔던 힘든 일들이 파노라마처럼 펼쳐졌다. 초등학교를 졸업한 지 10여 년이 되었다. 친구들은 벌써 의젓한 대학생이 되어서 청춘의 꿈을 향해 달리고 있을 때, 이제 겨우 중학교 졸업 자격 검정고시를 준비하는 것도 한없이 부끄러운 일인데, 불합격이라니 참을 수 없었다. 모두들 저마다의 성취를 확인하고 돌아간 텅 빈 교정, 바람에 펄럭이던 종이 한 장이 청년의 발아래 떨어졌다. 서로 먼저 보려고 밀치다 찢겨져 나간 합격자 명단의 일부였다. 혹시나 하는 마음에서 벽으로 달려가 맞추어보았다. 이럴 수가, 믿기지 않는 일이 벌어졌다.

'1064번 안승렬'이 뚜렷하게 나타났다. "합격이구나! 합격이다!"

자신도 모르게 두 주먹을 허공을 향해 힘차게 뻗어 올렸다. 남들에게는 겨우 중학교 졸업이지만, 나에게는 인생의 가장 아름답게 빛나는 최고의 멋진 순간이었다. 이전과는 전혀 다른 신세계가 열리는 듯하였다. 그야말로 헉슬리의 신세계였다. 이제는 무엇이든지 할 수 있다는 자신감이 생겼다. 어깨를 당당히 펼 수 있을 것 같았다. 꼭두새벽 눈을 비비고 일어나 아침 신문을 배달할 때도 힘들지 않았다. 오르막을 오를 때도 콧노래가 절로 나왔다. 신문 배달을 마치고, 오전에 일일 학습지를 배달할 때도 웃음꽃이 피었다. 학습지를 새롭게 구독하는 가정도 늘어나게 되었고, 주위 동료들과 소장님께 인정도 받게 되었다.

그러나 대학교 다니는 친구들을 만날 때면 친구들이 나누는 대화에 끼지 못하였고, 부족한 나를 보면서 의기소침하기가 일쑤였다. 고민 끝에 고등학교 졸업 자격 검정고시에 응시하기로 마음먹었다. 지금이 5월인데, 8월 말에 있을 고졸 자격 검정고시에 응시하기에는 시간이 절대적으로 부족하였고 학습량도 많았다. 음악, 미술, 체육은 중졸 자격시험 때 준비한 것에 심화학습을 더하면 가능하지만, 국어, 영어, 수학은 어림없었다. 가뜩이나 기초도 부족한데 시간이 턱없이 부족했다.

이제 새로운 도약을 위해 결단을 할 때이다. 신문 보급소와 학습지 배달 소장님께 결심을 말씀드리고 그만두겠다고 하였다. 합격도 어렵고 짧은 시간에 모아둔 돈도 없이 어떻게 하겠느냐고 펄쩍 뛰었다. 뒤돌아볼 시간이 없었다. 이제 내친김에 대학 진학까지 생각하며 달려 나가야겠다는 의지가 다져졌다. 마침내 새로운 꿈이 생겼다.

이제 나 스스로 자신의 꿈과 미래를 찾아가는 모험이 시작되었다. 비록 '출발은 초라하지만 꿈은 창대하리라.'는 막연한 기대감이 나를 풍요롭게 하였다.

먼저 서울 종로2가에 있는 고졸 검정고시 학원에 등록하였다. 처음부터 시작하는 반이 아니라 중간에 등록하여 진도 따라가기가 아주 어려웠다. 학원 가까이에 있는 독서실에 거처를 마련하였다. 힘은 들어도 세상이 다 내 것 같았다. 의자 위에서 쪽잠을 자도 이루 말할 수 없는 행복감이 밀려왔다. 이도 잠시 한 달이 지나고 나니, 가진 돈이 바닥나고 밀린 학습 진도로 몸과 마음이 힘들어지기 시작하였다. 그렇다고 어디 딱히 도움을 청할 곳도 따로 없는 형편이었다.

이제 살기 위해서, 내 꿈을 이루기 위해서 방법을 찾아야 했다. 현실은 냉엄하고 혹독하였다. 돈이 없어 삼 일을 굶으니 모든 것이 빵으로 보였다. 강의를 들어도 귀에 들어오지 않았다. 이제 다시 돌아가야 할까? 힘들면 언제든지 돌아오라던 소장님의 말씀이 귓가를 울렸다. 후회가 생기지 않도록 뒤돌아보지 말자. 이미 루비콘강을 건너지 않았는가? 돌아가야 할 곳이 없다. 방법을 찾아보자. 뜻이 있는 곳에 길이 있다고 하지 않았던가?

우선 일차적으로 의식주 해결을 위하여 독서실 관장님을 찾아가 말씀드렸다. 소장님의 배려로 학원 강의를 마치고 돌아와 오후 3시부터 독서실 청소를 하고 독서실 출입 학생을 관리하는 총무 역할을 주셨다. 오후부터 다음 날 아침까지 독서실을 관리하고 남는 시간에 공부를 할 수 있었다. 주거가 안정되니 차차 마음도 안정되었다. 문제는 6, 7, 8월 세 달간의 학원비였다. 다음으로 학원장님의 문을 두드렸다. 비서는 원장님과의 면담을 허락하지 않았다. 하는 수 없어

무턱대고 원장실 앞에서 기다리고 있었다. 방법이 없었다. 이틀을 꼬박 기다린 끝에 복도에서 원장님을 만났다.

시골에서 상경한 이야기와 조간신문과 학습지 배달을 하면서 독학으로 중졸 검정고시 합격까지 사정을 상세히 말씀드렸다. 초등학교를 졸업하고 스무 살이 넘도록 잡초처럼 살아온 이야기와 앞으로의 꿈도 말씀드렸다. 꿈은 있어도 학원비가 없다. 공부는 하고 싶다. 중도 입학이라 성적이 꼴찌라서 성적 장학금도 받을 수 없다. 나의 꿈을 담보로 하여 도와주신다면 성공하여 반드시 은혜에 보답하겠다고 말씀드렸다. 이야기를 다 들은 원장님은 생각하여 보신다고 했다. 공부하는 내내 머리가 복잡하였다.

수업을 마치고 독서실로 가려는데 담임선생님께서 잠시 상담을 하자고 말씀하셨다. 원장님께 나의 이야기를 자세히 들었다고 하면서 그런 어려움이 있는지 몰랐다고 하셨다. 내일부터 아침 일찍 와서 강의실 청소하고, 쉬는 시간에 칠판을 지우고 교실 정돈을 하라고 했다. 수업 끝나고 교실 정리와 청소 후 귀가하면 학원비를 면제하여 주신단다. 지금으로 말하자면 근로 장학생으로 선발된 것이었다. 그 말씀을 듣는 순간 모든 것이 해결되고 나의 꿈을 위해 앞길이 환하게 열리는 것 같았다. 여기에다 점심도 교직원 식당에서 먹을 수 있게 해주셨다. 의식주와 학원비가 해결되고 나니, 나의 공부가 문제였다.

국어는 신문 배달할 때 꾸준히 사설을 읽었던 터라 핵심 내용을 파악하고 이해하는 데 어려움이 없었다. 영어도 만만치 않았지만 꾸준히 단어를 암기해둔 것이 많은 도움이 되었다. 문제는 수학이었다. 탄탄한 기초를 바탕으로 단계적 학습이 있어야 가능한 과목이다. 한창 기초를 익힐 나이가 훨씬 지났고, 중간에 들어와 도저히 감을 잡을 수 없었다. 머리를 싸매고 노력해도 길이 보이지 않았다. 어쩔 수 없는 실망과 좌절이 밀려왔다. 너무나 큰 장벽이 나를 가로막고 있었다. 그렇다고 나이 어린 후배 동급생들에게 물어보기에는 그들의 공부도 너무 바빠 보였다. 부족한 시간에 많은 과목을 공부해야만 하는 그들이기에 남을 배려하고 도와줄 한가한 시간이 주어지지 않았다. 스스로 해결하지 않으면 도태된다. 길을 찾아야 했다. 길이 없으면 새로운 길을 만들어가야 했다. 방법을 찾아야 했다.

우선 학원에 비치된 수학 기출 문제집을 빌려왔다. 각 영역별 출제 경향을 철저히 분석했다. 출제 문제와 정답을 통째로 외우기 시작하였다. 어쩔 수 없는 자구책이었다. 나에게는 수학도 암기 과목의 하나였다. 출제가 많이 되는 분야는 수학 선생님을 찾아가 괴로울 정도로 묻고 또 물었다. 무더위가 기승을 부리던 7월, 제2회 서울특별시 고등학교 졸업 자격 검정고시 일정이 발표되었다.

예년에 8월 말에 보던 시험이 약 2주간 연기되어 9월 중순에 실시한다. 나에게 그 두 주가 황금 같은 시간이었다. 에어컨과 선풍기가 없는 학원과 독서실은 그야말로 찜통이었다. 시계추 같은 생활에 체력 관리에 문제가 오고 있었다. 고지가 바로 앞인데 여기서 멈출 수는 없었다. 드디어 시험 날, 시험장 분위기는 엄숙함을 넘어 처절하였다. 오전 9시 국어 과목을 필두로 9개 과목을 모두 마치고 나니, 모든 것이 끝났다는 안도감에 허탈하였다.

초등학교를 졸업한 지 10여 년이 지나 일 년 만에 중학교, 고등학교 졸업 자격을 성취하고 나니 마음은 이루 말할 수 없이 기뻤으나 앞으로가 문제였다. 대학을 가기 위한 접근은 허용되었으나 실력이 문제였다. 기초가 절대적으로 부족하였던 나에게 1년 동안 성숙의

시간이 필요하였다. 다시 마음의 끈을 조여 매자 독서실과 단과학원
이 나의 유쾌한 놀이터가 되어 주었다. 정보가 전무하였던 나에게
대학을 먼저 진학하거나 졸업한 친구들이 안내자이자 멘토가 되어
주었다. 1970년대 교육대학은 2년제였으며, 수업료가 면제되고,
RNTC 제도로 군 문제까지 해결되었다. 친구들의 안내로 꿈에 그리던
청주교육대학교에 당당히 합격할 수 있었다. 학비를 스스로 마련하여
야 했기에 입학과 동시에 입주 과외를 시작하였고, 방학 때는 등록금
을 마련하기 위하여 별도의 아르바이트도 하였다. 몸은 힘들고 캠퍼스
의 낭만은 없었지만, 교사가 된다는 꿈이 있었기에, 초등학교 졸업에서
대학생이 되었다는 자부심으로 모든 어려움을 견딜 수 있었다.

1979년 3월 1일 대항해의 서막이 올랐다. 교원수급정책으로 임용
대기자가 많았으나 교육대학 성적이 우수하여 졸업과 동시에 교사
로 발령이 났다.

교사: 안승렬

경기도 화성군 장안면 장안초등학교 발령을 명함.

발령장을 수령한 날 엄청난 감회와 그간의 어려움이 모두 상쇄되었다. 교사로서 생활은 나에게 많은 책무와 큰 보람을 안겨주었다. 이제 나만의 새로운 역사를 위해, 꿈을 재설정하고 변화한 현실에 바탕 하여 새로운 미래 전략을 세워야 했다. 좀 더 공부하고자 하는 열망이 다시 체력장을 보고 학력고사를 응시하게 하여 건국대학교 법학과에 우수한 성적으로 합격하게 했다. 중견 교사가 되었을 때 한국교원대학교 대학원에 현직 교사 신분을 유지하면서, 대학원에 파견 나가서 공부하는 좋은 제도가 생겼다. 실천 지향적인 학문에 관심이 많았던 나는 교육사회학 석사과정 제1회 파견교사로 선발되어 대학원생이 되었다. 대학원 2년 수학 중 훌륭하신 교수님들의 많은 가르침에 교직을 보는 안목이 달라졌으며, 스스로를 돌아보고 살찌울 수 있는 좋은 기회를 가졌다.

넓은 도서관에서 지적 탐구에 마음껏 유영할 수 있는 시간은 많은 변화를 가져오는 계기가 되었다. 2년 동안 도서관에서 살다시피 한 나에게 '도서관 모범 이용자상'을 제정하여 수상하는 영광도 맛보게 했다. 통일부가 주최한 전국대학(원)생 통일논문 현상공모에 응모하여 장관상을 수상하였고, 부상으로 해외여행자유화 이전에 해외연수의 특전도 누렸다. 석사과정을 마치고 교육현장으로 복귀한 나는 학문적 관심과 지도교수님의 권유로 교원대 대학원 박사과정에 입학하였다. 박사 학위 코스 중에 지도교수님과 함께 연구 활동과 저술 활동에도 참여하여, 세 권의 공동 저서와 다수의 연구도 진행하여 학문 발전에 기여하기 위하여 노력하였다.

2000년 2월 22일 교원대학교 대학원 학위 수여식.

중졸, 고졸 검정고시를 합격한 지 35년 만에 꿈에 그리던 교육학 박사 학위를 취득하게 되었다. 꿈이 있어 좌절하지 않았으며, 할 수 있다는 신념이 있었기에 어려움에 굴하지 않고 앞으로 나아갈 수 있었다. 학위 취득 후 대학 강의와 교육전문직(장학사)을 거쳐서, 초등학교 교감, 교장으로 교직을 성실히 수행하였다. 매사에 부끄럽지 않게 학생 교육에 매진할 수 있었던 것은, 할 수 있다는 믿음, 어려움 속에서도 꿈을 버리지 않았던 청소년기의 원대한 포부가 있었기에 가능하였다.

꿈을 가진 자는 언제나 행복하다.

꿈을 이루기 위하여 자신을 바치는 자는 뉴프런티어다.

바보와 천재의 차이

책은 실화를 바탕으로 만든 이야기이다. 국제멘사협회 회장이 된 '빅터'와 오프라 윈프리 쇼에 출연한 '트레이시'라는 여성의 이야기를 재구성해서 탄생했다. 두 사람의 공통점은 어려서부터 열등감(콤플렉스) 때문에 매사 자신감이 없고, 주변 사람들로부터도 인정을 받지 못하는 것이다. 빅터는 아이큐가 73이라고 알려지면서 저능아, 바보라는 수식어가 따라다니고, 친구들한테 놀림을 당한다. 로라는 어려서부터 붙여진 '못난이'라는 별명 때문에 진짜 자기가 못난이인 줄로 착각하고 있었다.

그런 빅터와 로라는 성인이 되어 다시 만난 레이첼 선생을 통해 자신들의 숨겨진 재능을 발견하기 시작한다. 그들은 족쇄처럼 옥죄던 열등감이 사실은 오해에서 비롯되었다는 것을 알고 당황한다. 빅터의 실제 지능은 173으로 암기왕이 인정하는 천재였던 것이다. 그런데 학교 선생이 서류 정리를 하던 과정에서 실수가 있었다. 로라는 어렸을 때 너무 예뻐서 유괴되었다. 그러자 똑같은 불행이 되풀이될 것을 염려한 부모가 붙여준 별명이 로라에게 '못난이'라는 감옥에 갇히게 하는 결과를 낳았다. 열등감 때문에 절망과 패배감 속에 살던 빅터와 로라는 어려움 속에서도 서로 도와 가며 꿈을 찾아가는 행진을 계속한다. 그러다가 빅터는 국제멘사협회 회장이 되고, 각 분야의 명사로 유명인이 된다. 로라는 인기 있는 동화작가로 많은 사람들의 사랑을 받는다.

나는 이 책을 자신의 열등감과 싸우고 있는 친구들에게 꼭 추천해주고 싶다. 사람들은 누구나 신이 아니기 때문에 부족한 점이 있다. 하지만 대부분의 사람들은 부족한 점을 인정하지 않고, 완벽해지고 싶은 욕망에 사로잡혀 자신을 불행으로 몰고 가는 경우가 많다. 나 또한 외모, 성격, 가정환경 등을 놓고 남과 비교하며 저울질하던 시절이 있었다. 이 책은 그런 사람들에게 자기다움을 인정하고 자신을 사랑하는 것과 그렇지 못한 것이 어떤 결과를 초래하는지 한 편의 시뮬레이션(모형을 만들고 연구한 뒤 해결 방법을 연구하는 일)을 보여주듯이 쉽게 이야기로 들려준다.

이 책에서 인상적인 부분은 빅터가 유명한 회사 애프리에서 자신을 바보라고 놀렸던 어릴 때 친구 더프와 재회하는 장면이다. 낭떠러지에 내몰린 빅터는 회사에서조차 자신을 집요하게 괴롭히는 더프와 싸우고, 한 방에 때려눕힌다. 감히 대적할 수 없을 것 같았던 더프는 너무나 초라하게 복도에 쓰러진다. 빅터는 단 한 번도 더프와 싸워볼 용기를 내지 않았는데, 알고 보니 더프도 별 볼 일 없는 허수아비 같은 존재였던 것이다. 빅터가 학교 다닐 때에 단 한 번이라도 더프하고 싸울 용기를 냈더라면 어땠을까.

그리고 로널드 선생이 빅터의 지능 테스트에서 173을 73으로 잘못 기입한 부분을 알고서도 빅터에게 먼저 사과하지 않은 부분도 있다. 빅터가 그 사실을 알고 바로잡기는 했지만, 어찌 되었든 빅터는 주변 사람들 때문에 자신의 인생을 펼치지 못한 불행한 시절이 있었다. 하지만 자신의 가능성을 믿고 자신을 사랑하기 시작하자, 지독한 말더듬이가 명강사로 변신을 하게 된다. 로라 또한 못난이라는 별명 때문에 자신의 불행을 탓하며 자신의 삶을 펼치지 못했는데, 레이첼 선생의 격려에 힘입어 자신감을 찾고 꿈을 찾아 나선다.

여기에서 주목해야 할 점은 '긍정적인 말' 에너지가 얼마나 큰 파장을 일으키는가 하는 것이다. 자신감이 없으면 말이나 자기최면을 통해서라도 끊임없이 자기 자신에게 에너지를 불어넣어 주어야 한다는 것을 깨닫게 된다. 빅터와 로라가 좌절을 딛고 꿈을 이루는 배경에는 자신의 삶을 개척해가려는 강한 의지가 있었다. 그것은 바로 꿈을 포기하지 않았다는 점이다. 꿈을 이루는 사람과 그렇지 못한 사람의 차이는 꿈을 포기하는 것과 안 하는 것의 차이였다. 다음은 빅터가 국제멘사협회 신임 취임식에서 한 연설의 한 부분이다.

콘래드 힐튼은 이런 말을 했습니다. '남의 재능을 부러워하지 말고 자기가 가진 재능을 발견하라. 당신의 가치는 당신 자신이 만드는 틀에 의해 결정된다.' 우리는 숫자로 가늠할 수 없는 능력을 가지고 있습니다. 해보지도 않고 절대 자신의 능력을 재단하지 마십시오. 자신을 믿으십시오. 스스로를 위대한 존재라고 생각하십시오. 그러면 행동도 위대하게 변할 것입니다. 때때로 현실은 여러분의 기대를 배반할 것입니다. 앞으로 여러분은 몇 번의 고배를 마실 것이고, 그때마다 스스로에 대한 실망감이 밀려올 것입니다. 하지만 마지막까지 자신의 가능성을 의심해서는 안 됩니다.

『바보 빅터』, pp. 197~199, 호아킴 데 포사다

　　존경받는 출판계의 리더가 된 레이첼 선생님, 인기 동화작가가 된 로라 던컨, 국제멘사협회 회장이 된 빅터 로저스, 이들은 사회가 만든 지독한 편견에 맞서서, 자신만의 세계를 구축하려고 끊임없이 노력하였다. 자신을 남들과 비교하지 않았다. 세상이 주는 평가를 뒤로하고, 사회가 요구하는 기준을 거부하고 스스로의 재능을 갈고 닦았다. 그리하여 그들은 자신 속에 숨은 능력을 발현하여 아름다운 삶을 멋지게 개척해나가는 희망의 아이콘이 된 것이다. 이 책을 덮으며 나는 나만의 소중한 잠재된 재능을 썩히고 있는 것은 없는지 다시 한번 살펴보게 되었다.

12

"있는 그대로 나를 인정하자"

『세계는 넓고 할 일은 많다』 (2008년)

지은이 김우중
출판사 김영사

보석판매업   손지윤

보석 쇼핑몰과 주얼리 대표를 거쳐 이태리 브랜드 가방을 론칭. 반려동물 의류 품목
오픈 투자 & 개발을 하였습니다.
현재는 자기 성찰을 위한 깨달음을 실천하는 생활 수행자와 마음 나눔을 실천하는
생활 봉사자로 살고 있습니다.

보석이 준 강렬한 인상

손등에 피아노 건반 뚜껑이 "쾅" 하고 내려앉았다. 손 전체를 감싸는 욱신거림에 나는 그냥 제자리에 서서 울먹였다. 새엄마는 그런 나를 쏘아보며 날 선 목소리로,

"야, 손대지 마!"

하고 경멸하듯 소리쳤다. 뭐든 손만 대면 나를 저지하는 새엄마의 목소리에 나는 온몸을 부르르 떨었다. 나는 학교에 입학하기 위해 할머니와 헤어져 새엄마와 생활을 하게 되었다. 새엄마와의 첫 만남은 일상이 통제 속에 이루어졌다. 부족함이 없던 아버지의 넓은 집도 새엄마에게 고스란히 넘겨졌다. 그 집에 살았던 나의 어린 시절은 기억조차 하기 싫지만, 그럴수록 그 기억은 더욱 선명해진다.

새엄마와 새언니가 먹던 짬뽕 옆에서 그 냄새만 맡고 먹었던 라면, 구역질과 신물이 올라왔다. 새엄마가 내게 줬던 모든 통제, 반복적으로 행해졌던 박탈은 나를 지탱하지 못할 정도의 무력감으로 남겨졌다. 새엄마와 함께한 13년간의 생활은 어둠의 터널 속이었고, 늘 혼자여야만 했다. 주목받길 기대하지 않았지만, 무관심과 통제에 나는 늘 폐의 고통을 느껴야 했다. 고산지대 사람들이 낮은 산소에 적응해 살 듯 나는 폐의 통증을 다스리며 살아남는 법을 찾았다. 내

면을 철저히 감춘 유연한 성격으로, 날렵한 척 스스로 일거리를 찾아내어 열심히 집안일을 해냈다. 그런 손은 트고 갈라져 따갑고 피가 나는 아픔을 견디어야 했다. 무심코 혼나는 두려움에 발레리나가 토슈즈를 신고 발끝 보행하듯, 위태로운 마음으로 걸어 다녔다. 철저하게 나는 그들에게 짓눌려 미움마저 받아낼 용기조차 없었다. 새언니가 나를 향해 던진 돌, 그것을 막아내며 지옥 같은 시간을 보냈다.

친척 어른들의 소문을 듣고 학교로 불쑥 찾아온 엄마를 만난 날엔 새엄마의 폭력이 유독 심해졌다. 나를 안타깝게 여겼지만, 방관하는 아버지, 할머니, 친척, 이웃들의 눈빛…… 결국 그 눈빛에 짓눌린 마음에 병이 왔다. 우리 집 풍경은 바깥에서 보면 풍족한 가족 구성원이었다. 하지만 안을 들여다보면 새언니는 새엄마의 지독한 치맛바람에 둘러져 있었고, 남동생은 장손에 걸맞게 아버지가 감쌌다. 나는 모녀의 꼭두각시였다. 새엄마와 새언니는 꿈속에서도 나를 괴롭혔다. 빛이 없던 그때, 나의 심장은 점점 돌로 변했다.

1975년 내가 태어나던 해, 전임자 할아버지처럼 아버지는 원양어선 선장이 되었다. 할아버지는 일본 출항 때 심장마비로 고인이 되어 돌아오셨다. 충격이 컸던 할머니는 아버지의 직업인 선장을 그만두게 했다. 그 후 아버지는 그 공허함을 기업인 자서전으로 채웠다. 중2 여름, 아버지의 책장에서 만난 『세계는 넓고 할 일은 많다』는 아버지를 이해하기에 충분했다. 이 책은 나의 새 삶을 재촉하기도 했다. 하지만 나에게 진로 고민은 사치였다. 생존이 먼저였다. 그럴수록 새엄마는 초인적인 힘으로 더 강하게 눌렀다. 살아서 벗어날 수 없는 불변의 법칙 같았다. 계획에 없던 기회가 고입 진학 상담일에 찾아왔다. 사정을 알았던 담임은 고교 졸업만으로 취업이 가능한 학교

이야기를 했다. 대입 포기는 선택할 수 없는 이미 정해진 운명처럼 내 발에 맞은 사이즈였다. 담임 입장에선 고심 끝에 내린 응원 섞인 격려였다. 면담 내내 아버지는 침묵하셨다. 운동장 중간 어디쯤에선 눈물도 보이셨다.

나는 고졸이다. 사회생활 틈틈이 다녔던 자원봉사는 천직이라는 내 착각과 종교지도자 추천으로 대학에 진학했다. 하지만 대학 진학 후에도 사회생활이 고단하기는 마찬가지였다. 선임들의 텃새, 정당하지 않았던 복지 기관의 운영, 직원들 간의 학연에 관한 싸움을 보는 것은 또 다른 새엄마들의 세상 같았다. 그것은 과거 악몽에서 겨우 몸만 도망쳐 나온 나에게 치명적이었다. 단 한 번의 망설임 없이 늦깎이 대학생 신분을 버렸다. 그러고는 힘들게 번 돈을 부러워했던 새언니를 흉내 내는 데 쓰기 시작했다.

성악 전공자였던 새언니가 보던 오페라 가곡 공연 DVD 속 여신들이 걸치고 나온 보석은 나에게 강렬한 인상을 남겼다. 2004년 겨울, 함께 일해보자는 보석상 대표의 제안을 흔쾌히 받았다. 이 일을 시작으로 나는 2005년 '보석 쇼핑몰'을 만들었다. 짧게 일했던 백화점의 명품관 경험은 도전할 용기를 주었는데, 고객들의 반응이 좋았다. '100% 예약 판매.' 전국에서 사람들이 나의 보석 쇼핑몰을 찾아왔다. 나는 사전 조사된 고객취향, 성격, 연령을 분석하는 일을 게을리하지 않았다. 고객 응대에 필요한 보석 상식을 공부했는데, 그중 보석 역사 공부는 꽤 흥미로웠다. 배운 적 없는 보석 디자인에 대해서도 공부했다. 주변 사람들의 긍정적 반응에 나는 보석 전공자, 공인된 전문가로 착각하기에 이르렀다. 심지어 유학파로 오인하는 사람도 있었다. 실력보다 학력을 따지는 사회적 선입견에 갇히고 싶지 않아 굳이 내색하지 않았다. 염치없게도 스스로는 전문가라 굳게 믿었다.

'어떻게 되겠다'는 마음가짐

이때 문득 떠오른 책 『세계는 넓고 할 일은 많다』를 다시 펼쳤다. 이 책은 얼마 전에 세상을 떠나신, 고 김우중 (전)대우그룹 회장의 책이다. 그분은 세계를 무대로 큰 기업을 일으켰는데, 그분의 세계관과 경험이 생생하게 녹아 있다.

경험은 훌륭한 교과서이다. 사람은 경험으로부터 세상의 이치를 배우고 경험을 통해 성숙한 삶을 살아가는 방법을 터득할 수 있다. "사회는 한 권의 책과 같다. 이 사회라는 책에서 얻는 지식은 이제까지 출판된 모든 책을 합친 지식보다 훨씬 도움이 된다." 경험을 강조하는 것은 사회를 읽는 가장 직접적이고 효과적인 방법이기 때문이다. 우리의 모든 지식이 "경험으로부터만 생긴다." 즉 우리 인간은 태어날 때는 백지와 같다는 것이다. 거기에는 아무런 관념도 인식도 없다. 그 이후의 경험에 의해서 그 백지에 그림이 그려진다. 그 경험에 의해서 그려진 그림이 그 사람의 삶이다. 젊은 시절 경험을 많이 쌓도록 애써야 한다. 그래야 사고도 깊어지고 안목도 넓어진다. 그래야 인생의 비밀을 들여다볼 수 있게 된다.

『세계는 넓고 할 일은 많다』, p. 131, 김우중

나는 이 책을 읽은 후 평소 관심이 있던 보석의 역사를 더 자세히 알고 싶어 해외로 나갔다. 그곳에서 만난 보석의 역사들은 보석들에 대한 새로운 지식을 얻기에 충분했다. 이 지식을 바탕으로 2008년 독립해 오프라인 숍을 열었다. 이때 리먼 사태(세계 금융위기)로 안전 자산인 귀금속의 값이 두 배로 뛰었다. 상가 계약 후, 내부 공사 중에 마주한 절망적 사건이었다. 좌절할 시간도 아까웠다. 정보를 수집해 일본의 '도쿄 우에노 야메요코' 시장으로 날아가 거기서 구입한 보석 시계 판매를 시작했다. 그렇게 첫 보따리 무역이 성사되었는데, 일치감치 판매도 종료되었다.

계속된 금값 상승으로 사업이 주춤해 있을 때 보석 역사 공부 때 알게 된 미국의 '티파니사'가 떠올랐고, '실버주얼리(은으로 만든 장식품)'를 도입하게 된 계기가 되었다. 그 도입으로 큰 성공을 경험하게 되었는데, 해외박람회에서 수입해온 주얼리도 연이은 성공으로 이어졌다. 이 일을 처음 시작했을 때는 젊은 사람이 집에 돈이 있어서 명품과 귀금속을 만진다는 손가락질을 받기도 했다. 하지만 그냥 열심히 일하면서 나를 보여주는 데만 집중했다.

물론 좋은 경험만 있었던 것은 아니다. 그즈음 금 매입 관련 업무로 나쁜 방법으로 얻은 장물을 취급해 경찰 조사를 받던 다른 대표들의 좋지 못한 모습도 보게 되었다. 그런 모습에서 돈을 버는 수단이 되어 버린 현실과 점점 자본에 타락해가는 내 양심이 무서워지기 시작했다. 나는 가장 성공한 순간에 가장 텅 빈 마음을 경험했다. 일에만 파묻혀 살던 나는 결국 30대 젊은 나이에 영양실조, 대상포진, 추간판탈출증 등을 겪게 되었다.

나는 보석 숍을 직원에게 맡겨두고 뉴욕으로 무작정 떠났다. 맨해튼 48가에 3개월간 아파트를 빌렸다. 겨울방학이 짧아 한국으로 가지 않고 대신 여행자로 남은 조기유학생, 유학생, 교환학생들과 어울렸다. 그동안 나의 여행 지혜와 그들의 여행 정보는 멋진 시간을 선물로 교환할 수 있었다. 하지만 그 즐거움은 사실 유명 학교를 다니지 못하는 나의 대리만족이었다. 결국 나는 유럽 여러 곳을 다시 떠나게 되었고, 좀 더 넓은 보석의 세계를 경험하기 시작했다.

　프랑스의 대표 보석인 '반클리프 & 아펠'은 자연에서 얻은 영감을 최상의 원석으로 표현한 점이 인상적이었다. 대표 디자인이며 많은 사랑을 받는 스페인의 '알함브라 컬렉션'은 알람브라 궁전 전면에 장식된 네잎클로버에서 영감을 얻어 디자인되어 있었다. 그런 중에 스위스의 피아제가 피아노 건반을 모티브로 새 모델을 출시했다는 소식을 접했다. 어린 일곱 살의 상처뿐인 나는 기억에 통편집이 필요했다. 그래서 5번가에 위치한 피아제 매장을 찾아가기에 이르렀는데, '라임라이트 재즈 파티 시크릿 워치'의 탄생을 지켜보게 되었다. 심플하면서도 영롱한 다이아몬드의 찬란한 빛 속으로 상처가 녹아내리는 경험을 하게 되었다. 피아제 로고가 새겨진 초콜릿 선물과 세심한 환대는 30년 만에 찾은 편안함의 시작이었다. 이 일은 지난 아픔의 시간도 까맣게 잊게 했다. 그 속에서 나의 삶도 빛나기 시작했다.

　하지만 새롭게 벌인 세계적인 명품 브랜드인 가방 사업은 감당하기 힘든 일들을 겪게 했고, 그 후 나는 결국 대인기피와 공황장애, 번아웃 상태가 되어 심리 상담을 받기 시작했다. 그 과정을 통해 어린 시절 존재감이 없던 내면의 상처가 사회적 성공에 목매게 했다는 것을 알게 되었다. 홍콩 페닌슐라 호텔에서 열린 '샤넬쇼'에서 나는 메인 목걸이와 미니 드레스를 입고 만인의 시선을 한 몸에 받았다. 나의 꿈은 현실이 되었다. 하지만 자정이면 풀릴 신데렐라 마법처럼 37세에 날아든 그날의 눈부심은 파랑새처럼 날아갔다.

이후 나는 '무엇이 되겠다'는 뚜렷한 직업관보다 '어떻게 되겠다'는 마음을 가지기 시작했다. 어릴 적부터 몸에 배어온 긍정적 사고, 밝은 미소, 타인을 위한 배려, 자립심을 다시 되새기게 되었다. 다시 시작한 삶은 늘 행운을 줬고, 내 인생 정점을 찍기에 충분한 밑거름이 되었다. 어리석음에 지혜가 없었던 시절의 상처는 깊었지만, 상처 치유로 변화됨을 충분히 겪고 있는 지금이다.

요즘 나는 '나를 그대로 받아들일 수 있는 자기 인정, 자기다움'을 바탕으로 나를 점점 단단하게 만드는 중이다. 만약 『세계는 넓고 할 일은 많다』를 처음 만났던 그 시절, 아니 그 이전으로 돌아갈 수 있다면, 그 사람들에게 용기 내어 말해볼 것이다.

"나도 하고 싶은 게 있어요, 나도 잘하는 게 있어요, 나도 이게 먹고 싶어요, 나도 같이 있고 싶으니 끼워주세요. 나 좀 바라봐 주세요. 나도 꿈꾸고 싶어요."

13

"그림 그리는 일이 제일 즐거운 사람"

『빅디자인』 (2019년)

지은이 김영세
출판사 KMAC

일러스트레이터   임예빈

대학에서 커뮤니케이션디자인, 산업디자인을 전공했습니다.
현재 인터넷 포털 사이트 일러스트레이터로 일하고 있습니다.
그림을 그릴 때 나 자신이 살아 있음을 느낀답니다.

그림 그리는 일이 제일 즐거운 사람

나는 인터넷 포털 사이트에서 각종 그림에 관련된 일러스트레이터로 일하고 있다. 일러스트레이터는 어떤 내용을 이해하기 쉽도록 삽화를 그리는 사람을 뜻했으나 요즘은 캐릭터, 애니메이션, 광고, 멀티미디어, 웹툰, 순수회화 등 그 영역이 다양해지고 있다. 일러스트레이션의 분야는 종이에 그림을 그리는 일러스트레이션과 새로운 영역의 멀티미디어 일러스트레이션으로 광범위하게 확장되어 가는 추세이다. 나는 현재 회사에서 인터넷 화면에 나오는 다양한 캐릭터 그리는 일을 담당하고 있다.

어렸을 때부터 나는 그림을 그리는 게 좋았다. 막연히 그림을 그리는 걸 좋아하다가 좀 더 구체적으로 '나는 그림 그리는 일이 제일 즐거운 사람이구나.'라고 깨달은 것은 여섯 살 무렵이었다. 초등학교에 다니던 옆집 언니가 '나나'라는 만화 잡지를 보여줬던 때가 기억난다. 그 책을 보면서 그림에 빠져들었는데, 나는 그림 중에서도 '만화'라는 장르에 강한 매력을 느꼈다.

이후에도 나는 어머니가 비디오 대여점에서 빌려다 준 명작애니메이션 등을 어린 시절부터 다양하게 접했다. 주로 일본의 '미야자키 하야오', '데즈카 오사무' 등 만화와 애니메이션의 황금기를 연 거장들의 작품들이었다. 모작으로 시작했던 내 그림은 개성적인 작품들을 접하며 지식과 취향이 더해지면서 성장해갔다.

초등학생이 되어서는 각종 PC 게임 등도 접하면서 그림에 대한 관심이 더욱 커졌다. 나는 그때쯤 '컴퓨터그래픽'이라는 개념에 큰 관심을 가졌다. 내가 그림에 대한 관심을 지속적으로 이어갈 수 있었던 것은 그림 그리는 걸 딱히 반대하지 않았던 부모님의 도움이 컸다. 물론 한때는 부모님도 내가 그림보다는 다른 쪽으로 가길 바랐던 적도 있다. 나 또한 그림을 가장 좋아하면서도 이런저런 진로에 대한 생각이 많았다. 하지만 내가 가장 좋아하고 천직으로 하고 싶은 일이 그림이라는 생각은 갈수록 강해졌다. 결국 부모님을 설득하여 고1 때부터 미대 입시를 준비했고, 대학 또한 미대를 가게 되었다.

미대 입시를 준비하던 고교 시절에는 『이노베이터』에 영향을 받았다. 이 책은 내가 대학을 진학할 때 미술 영역에서 디자인학과를 선택하는 데 가장 큰 동기부여를 해주었다. 나는 그림에 대한 관심과 열망이 컸지만, 진로에 대한 확신이 없었다. 무엇보다 만화를 좋아했지만, 당시는 만화에 대한 관심이나 인식이 높지 않을 때였다. 부모님과 주위의 시선을 뿌리치고 전공으로 삼을 용기가 없었다. 그래서 대학에서 디자인 공부를 하게 되었는데, 만약에 그때 '만화'를 전공으로 선택했다면 어땠을까 하는 아쉬움이 들기도 한다. 결국 돌고 돌아서 내가 하게 된 것은 어릴 때부터 취미로 그려왔던 만화풍의 캐릭터 일러스트다.

대학에 입학한 나는 생각보다 전공에 큰 관심을 가질 수 없었다. 이 무렵쯤 그동안 취미로 계속 그려왔던 캐릭터 일러스트 일로 외주를 받기 시작했다. 어린 시절부터 그려왔던 만화풍의 일러스트 그리는 일을 생업으로 갖게 된 것이다. 처음 게임 일러스트 외주를 받았을 때, 전공도 아니고 취미로 그려온 그림으로 돈을 벌 수 있어서 얼떨떨했다. 그 당시 나는 표현할 수 없는 벅찬 감정을 느꼈다. 나는 프로와 아마추어 일러스트 작업을 병행하며 작업을 쌓아갔고, 게임, 만화 등의 일을 받는 프리랜서 활동을 몇 년간 지속했다. 그러다가 지금은 회사에 소속되어 일러스트 업무를 담당하고 있다.

일러스트 일은 모든 직업들이 그렇듯 고충이 존재한다. 특히 프리랜서냐, 회사 소속이냐에 따라 장점과 단점이 있다. 프리랜서로 일을 하면 자신이 업무를 어느 정도 선택할 수 있고, 작업 시간대나 스케줄 관리가 자유롭다는 것이 장점이다. 회사에 소속되면 회사가 정해준 업무와 스케줄에 맞춰 작업을 한다. 이 또한 장점이면서 단점이 되기도 한다. 프리랜서로 이 일을 시작했던 내가 힘들 때는 내가 그리고 싶은 그림과 회사가 원하는 부분의 합치가 어려울 때이다. 본인이 그리고 싶은 그림과 회사가 원하는 그림의 방향성이 합치되는 것은 회사의 필요성과 내 특기 분야가 일치해야 하는 부분이다. 일을 하다 보면 그런 부분에서 갈등이 오기도 한다. 대신에 회사에서 정해주는 스케줄대로 일을 하고, 정해진 할당량만큼의 업무를 수행하면 안정적인 생활이 보장된다.

나는 그림을 그릴 때 감정이나 기분이 반영되는 그림을 그리고 보는 것을 즐긴다. 그 때문에 이런 정해진 체계 안에서 업무를 수행해야 하는 부분에서 어려움을 느끼곤 했다. 또한 그림이라는 장르는 어느 정도의 실력을 갖추게 되면 그에 대한 평가 기준이 객관성보다는 그 당시의 시류나 다수의 의견이 반영되는 부분이 크기 때문에 거기에서 오는 갈등이나 고민들이 존재한다. 그림은 일반적인 열정과 노력만으로 좋은 성적이나 결과가 보장되는 데 한계가 있다. 그런 부분에서 최고를 지향하는 사람에게는 아주 힘든 직군이라고 종종 생각할 때도 있다. 그래서 그림이란 분야에는 최고가 아닌 다수의 뛰어난 이들이 존재할 수 있는 것이다.

이 일을 하면서 나는 특별한 노력을 의식하지 않았다. 마치 숨을 쉬듯 몇 가지의 습관화된 행동들이 쌓여서 내 그림을 만들었고, 이 일을 계속하게 했다고 생각한다.

첫 번째로는 우선 많은 그림을 보았다. 이것을 레퍼런스(연관된 것을 찾는 것)라고 부른다. 여기서 한 가지 유의해야 할 점은 레퍼런스 수집을 통해 그것을 자신의 그림에 반영하는 마음가짐이다. 아무런 해석 없이 레퍼런스로 수집한 작가의 좋은 작품 부분들을 차용하는 것은 그 작가를 존중하지 않는 일이다. 레퍼런스를 수집하고 자기만의 방식으로 그림을 살찌워야 한다.

두 번째로는 다양한 음악을 들었다. 나는 그 사람의 감정과 기분이 느껴지는 그림들을 무척 좋아한다. 음악은 오감을 자극하는 다양한 경험들이 함께하기에 그 사람의 그림을 풍성하게 만드는 자양분이 된다.

세 번째로는 풍부한 독서이다. 독서가 영화나 게임 등 각종 영상 문화와 차별화되는 가장 큰 특징은 상상력 부분이다. 예술 작품은 작가가 아이디어를 포착하고 그 작가만의 독특한 상상력이 더해져서 훌륭한 창작품으로 탄생한다. 따라서 상상력을 확장시켜 주는 다양한 독서는 그림을 그릴 때에도 많은 도움이 된다.

그 외에도 각종 일러스트 관련 행사 관람과 참여를 권한다. 이는 프로로 발돋움하기 위한 준비 작업이다. 또한 여행을 적극 권장한다. 여행을 하면서 오감으로 체험하는 모든 것이 영감이 되기 때문이다. 이런 소소하고 당연한 과정들이 모여 나의 그림을 만들었다.

이 그림은 평소에 내가 취미이자 휴식으로 그리는 팬 아트이다. 회사 업무로 그리는 그림이 아닌 순수한 나만의 창작물이다. 요즘 방탄소년단을 좋아하는 청소년들처럼 나 또한 아이돌 그룹 팬이다.

JYP 엔터테인먼트 소속의 8인조 보이 그룹 '스트레이 키즈' 팬으로서 그린 그림을 선물처럼 그들의 홈페이지에 올린다. 이러한 습작은 독자들의 반응과 댓글로 피드백이 되어 내 그림을 향상시키는 밑거름이 된다. 평소 아르누보의 아이콘인 체코의 화가 '알폰스 무하'의 포스터를 좋아한다. 그래서 그의 예술혼을 닮고자 인물의 내면이 담긴 팬 아트를 그리며 나만의 예술적 감각을 표현한다.

지금 회사에서 내가 그리는 그림은 게임 일러스트이다. 출시가 되면 국내와 전 세계의 소비자를 만나기 때문에 완성도가 중요하다. 하나의 게임이 완성되기까지는 오랜 시간 여러 사람들의 협업과 조율, 그리고 피드백이 중요하다. 특히 피드백을 수용하는 자세가 일러스트레이터의 몫이다. 그래서 게임의 완성도를 위한 좋은 컨디션을 위해 일정한 운동도 하고, 자신만의 적절한 취미나 휴식으로 정신적, 육체적 관리가 꼭 필요하다.

어떤 일에 열정과 사랑을 가진 순간 특별해진다

나는 어려서부터 장르를 불문하고 다양한 콘텐츠를 접하는 환경 속에서 자랐다. 그림책, 만화, 소설, 비문학 등은 예민한 나의 감수성을 자극하기에 충분했다. 그렇게 나는 '세상 만물에 의견이 있다.'는 이야기를 듣는 사람이 되었다. 무엇보다 '설득과 생활의 예술'인 디자인과 스토리텔링, 연출 중심의 만화 애니메이션 장르에 관심을 갖게 했다. 그래서 나와 관심사가 비슷한 다양한 친구들을 온라인과 오프라인으로도 만나고, 이러한 관심이 자연스럽게 직업으로 이어지게 되었다.

미술의 영역은 다양하지만, 나는 그중에서 꾸준하게 만화, 애니메이션, 게임을 좋아했다. 대학 진로를 정할 때, 당시에는 낯선 디자이너의 세계로 나를 이끌었던 『이노베이터』는 훌륭한 멘토가 되어 준 책이다. 이 책은 이노베이터(혁신가) 김영세의 자신감이 어디서 나오는지, 그리고 그 자신감을 어떻게 실현시키는지 구체적으로 보여주었다. 사실 디자인에 대한 주관과 취향이 견고해진 지금의 나에게 김영세 씨는 미학적인 부분에서 뛰어난 센스를 가진 디자이너는 아니다. 하지만 나는 김영세 씨의 디자인이 가지는 설득력, 그것을 뒷받침하는 그의 논리에 감명을 받았다. 그는 디자인에 대한 자신의 주관을 대중에게 설득시키는 뛰어난 지식과 언변을 가졌다. 이것은 모든 그림을 그리는 사람에게 반드시 필요한 부분이라고 생각한다.

예체능에서는 하늘이 내린 천재적인 재능을 대단히 숭고하게 여긴다. 하지만 이 책은 그런 재능이 없더라도 지적인 사람이 만드는 '지적인 결과물'의 설득력과 매력이 소중하다는 것을 가르쳐주었다. 예술가가 아무리 훌륭한 창작물을 창조했어도 현장에서 독자나 수요자가 공감하지 못하고, 소통이 되지 않으면 인정받기 어렵기 때문이다.

김영세는 디자인에 관한 여러 권의 책을 출간했다. 그중에서 나는 「빅디자인」을 통해 미래 디자인을 바라보는 그의 신념을 소개해보려고 한다. 미국에서 유학을 마친 김영세는 1986년 미국 실리콘밸리에 이노디자인 INNODESIGN을 설립한다. 그리고 한국에 산업 디자인의 뿌리를 내리겠다고 결심을 하고 지금까지 활발한 진행을 하고 있다.

『빅디자인』, p. 207, 김영세
광명시에 위치한 쓰레기 소각장 구름터. 원래 시커먼 색깔에 흉측한 모습으로 기피 시설이었으나 지금은 광명 시민들로부터 사랑받는 이 지역의 랜드마크가 되었다.

그는 과거의 디자인이 "제품이나 서비스를 어떻게 만들 것인가"에서 출발했다면, 오늘날 디지털 트랜스포메이션의 시대에 맞는 디자인은 "어떤 제품이나 서비스가 변화하는 세상에 필요한 것인가"의 답을 찾아가는 일이라는 것을 깨닫는다. 그리하여 디자인이 바뀌어가는 세상의 변화를 디자인해야 한다는 깨달음으로 '빅디자인'이라는 신조어를 세상에 알리게 된다.

> 빅디자인은 디자이너의 일만을 말하는 것이 아니다. 디자이너는 기업가처럼 생각하고 기업가는 디자이너처럼 생각해야 한다. 디자이너는 창업가가 되고, 창업가는 디자인 마인드로 똘똘 뭉쳐 있어야 한다.
> 그러려면 모든 분야에서 창의력을 갖춘 인재들이 필요하다. 디자이너뿐만 아니라 모든 업무 담당자들이 창의력을 가지고 일해야 한다. 창의력을 가지려면 좋아하는 일을 재미있게 하는 수밖에 없다.
> 하기 싫은 일을 억지로 떠밀려서 하는 방식으로는 창의적인 업무를 수행하기 어렵다. 빅디자인 시대의 인력은 산업 시대의 인력과 전혀 다른 새로운 사람이 될 것이다.
>
> 『빅디자인』, p. 171, 김영세

과거에는 디자인도 일종의 그림의 범주이고, 그림은 보통 재능의 영역이라 여겨지는 경향이 컸던 시절이었다. 시대를 앞서 미래의 변화를 내다본 김영세 씨의 존재는 산업디자이너라는 직업에 대한 인식을 바꾸었다. 사고하고 미래를 보고, 더 나아가 현실 문제에 영향을 미칠 수 있는 존재로서의 산업예술가!

이 세상의 모든 혁신은 불편함을 참지 못하고 새로운 것을 파고드는 '와이 낫?'에서 출발했음을 잊지 말자.

14

"새벽길을 걷던 소년"

『청소년을 위한 시간의 역사』 (2009년)

지은이 스티븐 호킹
옮긴이 전대호
감수자 이명균
출판사 웅진지식하우스

대학교수(과학기술자)　김영식

일본 도쿄공업대학에서 공학박사 학위를 취득하였고, 대학교에서 공과대학장, 대학원장을 지냈습니다. 한국과학기술단체총연합회에서 과학기술우수 논문상을 2회 수상하고, 대한 용접접합학회와 한국 마린엔지니어링학회 회장직을 수행하였습니다. 현재 한국해양대학교 명예교수로 지내고 있습니다.

저서로 대학 교재로 사용하는 『해양플랜트 설계와 용접공학』, 『최신기계재료학』, 『최신용접공학』이 있고, 공저로『용접접합용어 사전』, 『용접접합편람』이 있습니다.

새벽의 머나먼 학교 길

내가 태어난 곳은 전라남도 진도 섬이다. 지금은 육교가 건설되어 육지와 연결되어 있지만, 내가 청소년 시절에는 바람의 힘으로 다니는 풍선 나룻배를 타고 육지로 나갈 수 있었다. 우리 마을은 진도에서도 오지 마을로 농토가 적은 가난한 마을이었다. 나는 초등학교를 졸업하고 중학교에 가지 못하고, 1년을 부모님을 도와 농사일 돕고 동생들 돌보며 지냈다. 1년 후 어머님이 행상으로 돈을 모아 중학교에 갈 수 있었다. 중학교는 우리 마을에서 걸어가면 약 두 시간 거리의 10여 킬로미터 떨어진 먼 곳에 있었다. 나는 첫닭이 우는 새벽에 학교 길을 나서야 했다. 소나무가 양옆으로 우거진 신작로를 따라 걷다 보면 한참 후에 아득하게 멀리 간척지 둑길이 나왔다. 그 길을 지나면 밭길이 이어지고, 다 걸으면 신작로 큰길이 나왔는데, 그곳을 지나고 그 동네의 가파른 고갯길을 넘어야 비로소 학교가 나왔다.

그 먼 길은 나에게 꿈을 영글게 하고, 꿋꿋한 극기력을 길러주는 길이었다. 그리고 내 마음속에 아름다운 감성을 키워주는 길이기도 했다. 나는 학교 등하교 시간 이외는 공부할 시간이 없었다. 매일 20여 킬로미터 길을 걷고 집에 오면 피곤해서 잠자기 바빴다. 아침에는 또 새벽에 학교로 출발해야 했기 때문에 그 학교 길은 유일한 공부 시간 이었다. 학교에 안 가는 일요일이나 방학을 하면 농사일에 바쁜 부모님을 도와야 하고, 동생들 챙기는 일로 이어졌다.

그 길은 봄이면 양옆 우거진 소나무 숲 사이로 안개가 자욱이 피는 때가 많아 앞이 잘 보이지 않은 때가 많았다. 그 속을 거닐면서 시상(詩想)에 젖기도 했다. 한번은 <안개>라는 제목의 시를 써서 우리 학급에서 처음 발간하는 학급 문집 맨 첫 페이지에 실린 적이 있다. 그 시는 다 잊혔지만 그 앞부분은 대략 이렇게 시작했던 것 같다.

> 안개 낀 새벽길을 걷는다/ 멀리서 들려오는 교회 종소리/ 안개 속을 뚫고/ 땡 울렸다 고요히 그치고 땡 울렸다 조용히 그친다/ 내가 앞으로 가면 안개는 나보다 먼저 앞으로 나가고/ 뒤에서는 나를 밀어낸다./...... / 소나무 가지마다 하얀 안개꽃을 피운다 ~

내가 걸었던 그 학교 길에는 아카시아나무를 가로수로 심어놓은 곳이 많았다. 5월이면 아카시아꽃들이 하얗게 피어서 짙은 향기를 내뿜는 것이었다. 그 아카시아 꽃길을 생각하면 지금도 코끝에 그 향긋한 꽃향기가 느껴지는 듯하다. 길가 산 숲에서는 산새 소리와 꿩 소리가 청아하게 들렸다. 그 길을 걸으면서 나는 김소월 시를 외웠고, 감상에 젖어 혼자서 읊조리기도 했다. 그때 읊조리던 김소월의 <산유화> 시는 지금도 머릿속에 그대로 남아 있다.

> 산에는 꽃 피네/ 꽃이 피네/ 갈봄 여름 없이/ 꽃이 피네// 산에/ 산에/ 피는 꽃은/ 저만치 혼자서 피어 있네// 산에서 우는 작은 새여/ 꽃이 좋아/ 산에서 사노라네// 산에는 꽃 지네/ 꽃이 지네/ 갈봄 여름 없이/ 꽃이 지네

내가 다니던 중학교는 설립된 지 1년밖에 되지 않은 중학교로 학교 건물도 따로 마련되지 않아 초등학교 교실 몇 개를 빌려서 사용했다. 교실이 부족하여 선생님들이 쓰는 교무실을 같이 사용하고, 책걸상도 없이 마룻바닥에 앉아 공부를 했다. 그런 중에서도 나는 공부하는 것이 마냥 즐겁기만 하여 특히 과학 시간에 질문을 많이 하였다.

지금도 기억되는 질문은 "지구가 공처럼 둥글고 자전과 공전 운동을 한다는데 왜 우리는 지구에서 떨어지지 않고, 또 그런 지구의 운동을 느끼지 못합니까?"라든가 "높은 산꼭대기는 기온이 낮아 눈이 녹지 않는다는데, 높은 산꼭대기는 태양과 가까워서 햇빛을 가까이 받으니 온도가 올라갈 것 같은데 왜 그렇습니까?"라는 질문 등이었다. 그때 선생님이 설명을 하였지만 나는 이해가 잘 되지 않았고, 그래서 그런 질문이 오랫동안 머릿속에 남아 지금도 기억되는 것으로 생각된다.

그 교실 밖에는 봄이 되면 화사한 벚꽃이 만발하게 피어나 교실

창밖을 보면 마치 꽃등을 매달아 놓은 것처럼 아름다웠다. 그즈음 국어 교과서에 청마 유치환 시인의 <봄소식>이라는 시가 실려 있었다. 국어 시간에 그 시와 교실 바깥 풍경이 딱 맞아 그 시를 암송했는데, 지금도 머릿속에 그대로 남아 있다.

> 꽃등인 양 창 앞에 한 그루 피어오른/ 연분홍 살구 꽃그늘 가지 새로/ 작은 멧새 한 마리 찾아와 무심히 놀다 가노니// 적막한 겨우내 들녘 끝 어디 메서/ 작은 깃 얽고 다리 오그리고 지내다가/ 이 뽀얀 봄 길을 찾아 문안하여 나왔느뇨// 앉았다 떠난 자리에 여운 남아/ 뉘도 모를 한 때를 아쉽게도 한들거리나니/ 꽃가지 그늘에서 그늘로 이어진 끝없이 작은 길이여

여름이면 그 길은 땀을 많이 흘리게 했다. 그래서 우리 반 친구들은 땀을 벌겋게 흘리면서 책보를 어깨에 둘러메고 지각해서 급히 교실 문을 열고 들어가는 나를 모두 쳐다보곤 했다. 비가 오는 날이면 비를 맞으면서 새벽길을 나서야 했다. 그 시절에는 우산이나 비옷도 귀한 시절이어서 비옷 대신에 곡식을 담는 마대포대를 뒤집어쓰고 다녔다. 마대포대는 비를 막기에는 너무 초라한 행색이어서 금방 옷이 젖어오고, 그 차림으로 두어 시간 학교까지 가다 보면 속옷까지 흠뻑 젖어와서 교실에 들어가면 물이 온몸에서 흘러내리는 것이었다.

해가 짧은 가을에는 학교 수업을 마치고 귀갓길을 나서면, 학교에서부터 어두워지기 시작해서 집에는 컴컴한 밤에 도착하기 마련이었다. 그 시절에는 지금처럼 가로등 같은 것은 생각할 수조차 없는 시절이었다. 혼자서 캄캄한 밤길을 걸어 집에 돌아오기가 무섭고 겁이 많이 났다. 그래서 아버지와 어머니는 호롱불을 들고 소나무가 무성한 숲길로 내가 제일 무서워하는 길까지 마중을 나오곤 했다.

그런 가을 어느 날에는 학교에서 방과 후 행사로 더 늦어지게 되어 어두운 밤길을 걷게 되었는데, 도중의 긴 제방길이 겁이 나고 무서워서 도저히 건너갈 수가 없었다. 그래서 가까운 동네에 사는 같은 반 친구 집으로 갔다. 그 집 마당으로 들어가니, 그 친구는 이미 집에 와서 안에서 식구들과 저녁 식사를 하고 있는 모양이었다. 나는 집 안을 향하여 친구 이름을 부르고 나서는 그 자리에 서서 울어 버렸다. 그랬더니 그 친구와 친구 어머니가 달려 나와 나를 달래고 안으로 데리고 들어가 저녁밥을 주었다. 그리고 그 친구와 같이 잠을 자도록 해주시는 것이었다. 생각하면 나는 참 순진하고 소심한 소년이었다.

그런 악조건 속에서도 나는 공부를 잘해서 선생님들로부터 인정을 받아 학교의 여러 가지 활동의 대표 역을 맡게 되었다. 어느 해 우리 중학교에서 <상록수>라는 학교 신문을 처음으로 발간하게 되었다. 그 신문은 한 달에 한 번씩 발간하는데, 내가 그 신문사 사장으로 주관이 되었다. 나는 학생들의 시, 수필, 만화 또는 의견들을 담아 등사판(등사지에 글씨를 써서 프린트)으로 발간하였다. 그런 일을 하기 위해서는 일요일에도 그 먼 길을 다니면서 해야 했다. 잊히지 않는 것은 어느 해 가을 우리 중학교 건물을 함께 쓰고 있는 초등학교에서 운동회가 있었는데, 우리 중학교에서는 가장행렬 놀이를 찬조 출연으로 하게 되었다. 그 가장행렬 놀이에서는 아프리카 흑인 모습, 농부 모습, 경찰 모습, 군인 모습 등 여러 가지 모습으로 가장을 해서 재미있는 춤과 행동을 하면서 행렬 걷기를 하게 되었다. 그중에서 나에게는 박사 모습을 시키셔서 나는 박사모를 쓰고 안경을 끼고 두꺼운 책을 보면서 머리를 갸웃거리며 걷는 모습을 하게 되었다. 생각해보면 그때 그 선생님은 나의 미래 모습을 어떻게 그렇게 잘 꿰뚫어보셨는지, 그분의 혜안이 참 대단하셨다는 생각이 든다.

교수가 되겠다는 당돌한 꿈

중학교 2학년이 끝나갈 즈음으로 기억한다. 어느 날 선생님이 광주의 모 대학교의 부속 고등학교 입학모집요강을 들고 교실에 들어오셨다. 그 모집요강에는 장학생 선발 내용이 있었다. 선생님께서는 이 고등학교 장학생으로 합격하면 장학금이 나와서 학교를 무료로 다닐 수 있다고 말씀하셨다. 그전까지는 중학교만 졸업하면 우리 집 형편으로 고교 진학은 꿈도 꿀 수 없고, 아버지를 도와 농사를 짓는다는 것이 내 꿈의 전부였다. 그러나 공부만 잘하면 돈이 없어도 공부를 계속할 수 있고, 비행기를 타고 강의를 다니는 교수까지 될 수 있다고 했다. '까짓 공부쯤이야 열심히만 하면 될 것 아닌가!' 하는 자신감이 생기기 시작했고, '나는 장래 교수가 될 거야!'라는 당돌한 꿈을 단번에 마음속에 새기게 되었다. 그 꿈을 마음속에 새기게 된 다음부터는 사춘기 시절의 나 자신이 모든 면에서 자제하는 힘이 생기고, 오로지 공부에 더욱 정진하는 의욕과 힘이 솟아났다.

그리고 항상 그 꿈을 머릿속에 간직하고 다녀서 어느 사이 내 마음속에 간절한 기원으로 자리 잡았다. 그래서 나에게 조금 어려운 일이 생기면 마음속으로 나 자신과 내기(betting)를 하는 것이었다. 가령 시험을 치는데 스스로 일정한 목표를 정해놓고 '그 목표에 도달하면 내가 교수가 될 수 있고, 그렇지 못하면 되지 못할 거야.'라는 식이었다. 그런 내기를 걸고 결과를 보면 대부분 긍정적인 결과로 나타나서 나는 나의 꿈을 더욱 굳건히 할 수 있었다.

어느덧 3학년이 되고 고교 진학의 시즌이 다가왔다. 나는 내가 꿈꾼 대로 광주의 그 장학생 선발을 한다는 고교에 가서 입학시험을 치고 장학생으로 입학하고 싶었다. 하지만 광주까지 가는 차비며, 며칠 동안 시험을 치면서 묵을 하숙비가 걱정이었다. 부모님은 아예 고교 진학을 반대하고 계셔서 고교 입학시험의 얘기조차 꺼낼 수 없는 처지였다.

그러던 차에 마침 광주보다는 가까운 목포에 역시 국비로 학교에 수업료를 내지 않고도 다닐 수 있는 학교가 있다는 정보를 선생님으로부터 듣게 되었다. 그 시절에는 아주 부잣집이나 라디오가 있고 신문도 보고 했지만, 일반 가정에서는 라디오나 신문을 접할 수도 없었다. 따라서 새로운 정보나 소식을 접할 수 있는 곳은 학교 선생님이 전부였다. 그 고등학교는 목포해양고교인데, 국립고교로 수업료가 면제되고, 또한 급식비라는 이름으로 학교에서 돈이 매달 지급된다고 했다.

그래서 부모님한테 시험을 치러 가겠다고 했더니 그마저도 우리 형편에 어렵다고 반대를 하시는 것이었다. 나는 3, 4일을 밥도 안 먹고 울면서 요즘 말로 농성을 계속했다. 그런 후에야 부모님이 그럼 시험만 쳐보라는 허락이 떨어지고, 나도 여한이 없이 시험만 쳐보겠다고 타협이 이루어져 시험을 치러 가게 되었다.

집에서 어렵게 마련한 쌀 한 자루를 어깨에 걸머메고 목포에 사는 지인의 집을 찾아 연락선을 타고 목포로 향하였다. 시골에서 자란 탓에 처음 보는 도시의 풍광은 번화하고 전깃불이 휘황한 도시의 거리는 마음을 들뜨게 하기에 충분했다. 그런저런 과정을 거쳐 국립목포해양고교에 합격이 되었고. 그 후에는 부모님도 어쩔 수 없이 학교를 다닐 수 있게 빚을 내서 학비 마련을 해주셨다.

이 학교는 졸업 후 배를 타는 선원학교였다. 나와는 적성이 맞지 않았으나 학비 부담이 작고, 고교 과정을 마칠 수 있어서 나에게는 매우 감사한 학교였다. 그 고교를 졸업한 후에는 또 대학 진학 과정이 난관이었다. 머릿속으로는 교수가 되겠다는 일념을 한순간도 잊은 적이 없었다. 그렇게 하기 위해서는 대학 진학을 해야 하는데, 일반 대학은 우리 집 형편으로 꿈도 꿀 수 없고 장학생을 선발하는 대학을 여기저기 알아봐야 했다. 그런 중에 부산의 한국해양대학교가 국립으로 수업료가 면제되고, 숙식이 제공되는 학교라는 것을 알게 되었다.

그래서 나는 주저 없이 한국해양대학교를 선택하여 대학에 진학할 수 있었고, 대학 졸업 후 ROTC 해병대 장교 복무를 마치게 되었다. 그 후 상선 회사에 입사하여 잠시 외항선 선원 생활을 하였으나, 나의 꿈은 교수가 되는 것이었기 때문에 해외 유학의 길을 찾게 되었다. 그래서 일본 정부초청 국비유학생 선발시험을 거쳐 일본 유학의 길에 오르게 되었다. 그리고 일본 동경에서 4년의 유학 생활로 박사 학위를 취득하고, 돌아와 꿈꾸던 교수가 되어 모교에서 교수직으로 정년까지 마치게 되었다.

세계와 우주에 대한 상상력에 불을 붙여주는 책

나는 현재 국내 고경력 과학자들과 함께 '청소년 과학꿈나무 교육 프로그램'에 참여하고 있다. 이것은 초중고 학생들에게 과학자의 꿈을 심어주기 위한 강연 프로그램이다. 강연을 다니다 보면 교사나 학부모, 혹은 학생들이 꼭 읽어야 할 과학책을 소개해달라고 할 때가 있다. 나는 그중의 한 권으로 20세기의 대표적인 물리학자로 불리는 스티븐 호킹이 저술한 『청소년을 위한 시간의 역사』를 권한다.

이 책은 스티븐 호킹 박사가 1988년 당시 영국 케임브리지 대학루커스 기념 강좌 석좌교수로 있으면서 저술한 그의 명저 『시간의 역사』라는 책을 청소년을 위해서 재구성한 것이다. 스티븐 호킹의 대표작인 『시간의 역사』는 40개국의 언어로 번역되어 천만 부 이상 팔렸지만, 화려한 명성에도 불구하고 어렵다는 평을 받았다. 그는 『시간의 역사』를 발표한 직후, 케임브리지 대학교에서 청소년과 일반인을 상대로 총 7번에 걸쳐 우주물리학 강의를 열었다.

『청소년을 위한 시간의 역사』는 이 강의 내용을 편집한 것으로 일반인이 이해하기 어려운 내용은 과감하게 생략했다. 이 때문에 과학에 관심이 많은 청소년과 일반 독자들이 읽을 수 있는 우주교양서가 탄생하게 되었다. 이 책은 빅뱅과 블랙홀, 일반상대성이론과 양자역학에 이르는 우주물리학의 핵심적인 내용을 쉽게 설명해준다.

우리는 흔히 '우리가 어디에서 와서 어디로 가는가?'라는 질문을 갖게 된다. 이 질문은 종교적인 측면에서 또는 과학적 측면에서 인류가 고대로부터 지녀온 명제이다. 종교적인 측면에서는 이 문제의 접근을 신(神)적 영역에서 추구해왔다. 과학적 측면에서는 인간의 추론과 실증을 통해 이에 대한 접근을 시도해왔다. 과학적 측면에서 이 문제에 접근하려면 '우리 생명체는 이 우주의 어디서부터 유래되었는가?'라는 생각을 갖게 된다. 이러한 생각을 계속해가면 '이 우주가 어떻게 생겨났으며, 우주 속의 지구라는 별이 어떻게 생겨났고, 나아가 그 지구에서의 생명체는 어떻게 생겨났는가?'라는 질문으로 이어진다.

이러한 질문은 기원전 아리스토텔레스로부터 17세기의 갈릴레이 갈릴레오를 거쳐 뉴턴의 중력이론이 발표되기에 이른다. 20세기에 이르러 아인슈타인의 상대성이론이 발표되기까지 추론을 통해 그 해답을 찾기 위한 노력이 계속되어 왔다. 그리고 뒤이어 허블망원경의 출현으로 우주의 관측을 통해서 우주의 빅뱅(Big Bang)과 우주팽

창 이론이 확립되었다. 거기에 다윈의 진화론이 더해져 그 현상론적인 해답을 거의 얻기에 이르렀다고 볼 수 있다.

그러나 우주의 시작은 어떻게 이루어졌는가? 우주의 종말은 있는가? 블랙홀의 정체는 무엇인가? 시간의 화살은 뒤집힐 수 있을까? 거대하고 광활한 우주 세계부터 머리카락 두께의 10만 분의 1 크기의 원자 내부의 세계를 아우르는 우주 삼라만상 모두를 관통하는 만물 이론을 확립할 수 있을까? 이러한 문제에 대해 스티븐 호킹 이전의 과학자들은 깊은 연구를 시도하지 않았다.

스티븐 호킹은 영국 옥스퍼드 대학을 수석으로 졸업하고 케임브리지 대학원에 진학했지만, 근위축성 측색경화증(루게릭병)이라는 병에 걸려 2, 3년 안에 죽는다는 선고를 받는다. 21세의 나이였다. 대학에서 조정선수로도 활약하며 쾌활했던 청년은 한순간에 빠져나올 수 없는 블랙홀 내부에 던져진 자신을 발견하게 된다. 그러나 다행히 의학적 예측은 빗나갔고, 절망 속에서도 강한 의지로 연애와 결혼에 성공하며 학문 연구에 대한 강한 열정을 불태운다.

그러다가 1985년에는 폐렴으로 기관지 절개 수술을 받으면서 목소리까지 잃게 되었다. 그러나 그런 신체적인 시련이 광활한 우주와 자연의 비밀을 풀려 했던 그의 열정과 의지를 꺾을 수는 없었다. 그는 휠체어에 부착된 고성능 음성 합성기를 사용하여 일반인을 상대로 물리학의 대중화를 위해 케임브리지 대학교에서 우주물리학 강의를 열었다. 비록 맑은 목소리 대신 탁한 기계음으로 전달되었지만, 수백 명의 수강생들은 일곱 차례의 강연으로 우주와 자연을 이해하는 새로운 시각과 이론을 경험할 수 있었다.

우리는 이 책을 통해 자연과 우주의 신비에 대한 지식적 궁금증을 해소하고, 불가능에 가까운 육체적 시련을 이기고 76세까지 살다 간 그를 만날 수 있다. 그리고 그가 인류에게 남긴 우주물리학의 연구 업적에 깊은 감동을 받게 된다. 우리 인류는 AI기술이 주도하는 4차 산업혁명 시대를 살고 있다. 현재의 과학기술은 4차 산업혁명 시대를 넘어 양자 컴퓨팅기술 시대를 예고하고 있다. 이 책에서 다루고 있는 양자역학(원자, 분자 등 아주 작은 물체의 운동에 관한 학문) 이론은 양자컴퓨팅기술 시대를 여는 기본 지식으로 그 가치가 높다.

이 책은 일반 청소년들이 처음 읽기에는 다소 어려움이 있을 수 있다. 이 책에 나오는 각종 용어들을 인터넷 검색하면서 한 잔의 음료수를 몇 번 나눠 마시듯이 음미했으면 좋겠다. 그러면 지적 호기심이 왕성한 청소년들에게 우리가 사는 세계와 우주를 이해하는 데 많은 도움이 되고, 무한한 상상력을 바탕으로 꿈을 이루어가는 하나의 디딤돌이 될 수 있을 것이라고 생각한다.

이 책에 도움이 된 책과 영화

1. 『하이디』
   요한나 슈피리 (지은이), 장은영 (옮긴이), 김선진 (그림), 주니어파랑새, 2005년
2. 『빨간 머리 앤』
   루시 모드 몽고메리 (지은이), 김양미 (옮긴이), 김지혁 (그림), 인디고, 2008년
3. 『로빈슨 크루소』
   다니엘 디포 (지은이), 장순근 (옮긴이), N.C. 와이어스 (그림), 리잼, 2012년
4. 『사람은 무엇으로 사는가』
   레프 톨스토이 (지은이), 방대수 (옮긴이), 책만드는집, 2017년
5. <스타워즈>
   http://pxhere.com/ko/photo/1205277
   http://pxhere.com/ko/photo/1205281
6. 『플로렌스 나이팅게일 평전』
   김창희 (지은이), 맑은샘, 2019년
7. 『차라리 꿈꾸지 마라』
   공기택 (지은이), 한스북스, 2014년
8. 『꽃들에게 희망을』
   트리나 폴러스 (지은이), 안애리 (옮긴이), 선영사, 2000년
9. 『내 안에서 찾은 자유』
   장자 (원저), 뤄룽즈 (지은이), 정유희 (옮긴이), 생각정거장, 2017년
10. 『왜 주인공은 모두 길을 떠날까』
    신동흔 (지은이), 샘터, 2014년

11. 『바보 빅터』
    호아킴 데 포사다 (지은이), 한국경제신문, 2011년
12. 『세계는 넓고 할 일은 많다』
    김우중 (지은이), 김영사, 2008년
13. 『빅디자인』
    김영세 (지은이), KMAC, 2019년
14. 『청소년을 위한 시간의 역사』
    스티븐 호킹 (지은이), 전대호 (옮긴이), 이명균 (감수자), 웅진지식하우스, 2009년

14인의 전문가가 들려주는 진로와 책(영화)에 관한 이야기

너는 어떤 꿈을 꾸고 있니?

초판인쇄 2020년 10월 19일
초판발행 2020년 10월 19일

지은이 심소정, 하정화, 한재현, 심종보, 공기헌, 류으뜸, 황은지,
　　　　최세경, 여태문, 허경아, 안승렬, 손지윤, 임예빈, 김영식
펴낸이 채종준
펴낸곳 한국학술정보㈜
주소 경기도 파주시 회동길 230(문발동)
전화 031) 908-3181(대표)
팩스 031) 908-3189
홈페이지 http://ebook.kstudy.com
전자우편 출판사업부 publish@kstudy.com
등록 제일산-115호(2000. 6. 19)

ISBN 979-11-6603-112-0 13810